青少年求知文库
QingShaoNianQiuZhiWenKu

父辈与我同龄时

赵若彤　编

吉林人民出版社

图书在版编目（CIP）数据

父辈与我同龄时 / 赵若彤编. — 长春：吉林人民出版社, 2010.7（2021.3重印）

（青少年求知文库）

ISBN 978-7-206-06870-6

Ⅰ. ①父… Ⅱ. ①赵… Ⅲ. ①随笔—作品集—世界 Ⅳ. ①I16

中国版本图书馆CIP数据核字(2010)第120375号

父辈与我同龄时

编　　者：赵若彤

责任编辑：王一莉

吉林人民出版社出版（长春市人民大街 7548 号　邮政编码：130022）

印　刷：三河市燕春印务有限公司

开　本：700mm×970mm　　1/16

印　张：13　　　　　　字数：110 千字

标准书号：ISBN 978-7-206-06870-6

版　次：2010 年 7 月第 1 版　　　印　次：2021 年 3 月第 2 次印刷

定　价：39.00 元

目 录

为祖国，为人生　胡 风 / 001

中年　梁实秋 / 004

人生的道路怎样走（节录）　苏步青 / 008

又是一年春草绿　梁遇春 / 011

立志在童年（节录）　丁舜年 / 015

我爱书　戈宝权 / 018

美育与人生　蔡元培 / 024

清贫　方志敏 / 027

学者的风范　杨占生 / 030

紫色的雾　闻 山 / 038

我的师友们　于是之 / 045

值得感念的岁月　梁漱溟 / 049

书塾与学堂　郁达夫 / 056

我们的学校（节录）　鲁 彦 / 062

新潮澎湃正青年（节录） 臧克家 / 072
月夜和风筝 牛 汉 / 077
父子 舒 乙 / 083
早该说的一些话 苏叔阳 / 089
父亲·我们 钟铁民 / 097
父亲与种子 杨闻宇 / 108
父亲·童年 林语堂 / 114
背影 朱自清 / 121
忆儿时（节录） 丰子恺 / 124
旅人的心 鲁 彦 / 127
滕回生堂今昔 沈从文 / 135
悲哀的玩具 李广田 / 144
绵长的思念 亚 蓝 / 148
从前，有个老头和他的老太婆 赵 园 / 155
伯父和牛 素 素 / 159
游子吟 和 谷 / 164
我的祖母 何 为 / 167
难忘的眼泪 徐开垒 / 173
我幼时求学的经过 陈衡哲 / 178
做了父亲 叶圣陶 / 190
代沟 梁实秋 / 195
理想与现实 贺 麟 / 200

为祖国，为人生

胡　风

让我们记起伟大的罗丹（Auguste Rodin）留给后人的金言；“若绝对爱真性君临于人们之间，试想有怎样神奇的进步将于一下子实现！”

这“爱真性”，是文艺底灵魂；由于它，文艺作品才能够表现出真实的人生，由于它，文艺作品才能够创造出不死的生命。因而，自有文艺以来，虽然这“爱真性”一直还没有能够“君临”人间，但在艰难和困苦的道路上也依然对人类精神底发展（进步）尽了多么“神奇的”任务。

我们自己底情形就可以作证。

自五四运动起，我们这民族才对人类历史睁开了慧眼，开始了精神上的“铜器时代”，但这里面是以新文艺底辉煌的战绩为中心的。自伟大的民族解放战争以来，中国人民经过了艰苦的试炼，得到了壮丽的成长，但新文艺也是这里面的精神力量之一。因为，只要人类不会回到野蛮时代，不肯自甘毁灭，那中华民族要有自由，中国人民要有幸福，就是铁一样的真理，而似爱真性为灵魂的文艺，除了为这真理服务以外，当然再也不会找到其他的生存意义。

我们从事这一工作，现在且开辟了这块园地，就是由于这一点忠实的信心的缘故。

但当然，和这神圣的任务相比，我们底力量是渺小的，但正因为自觉得渺小，所以愿意献示到能够汇成大流的工作里面。

有现实人生在鼓励我们。我们民族正处在抗战大的蜕变过程上面，它底内容有深广无比的丰富，这要求我们不断地发掘，不断地追求；只要信心不坠，应该有从宝山采得一砂一石的希望。

在这个大的奋战大的蜕变中间，有无数忠诚的战斗者，在生活里面体验真理，在搏战里面养育大的热怀，而他们有的就会成为用笔的战士，带着收获在我们中间出现，来加强文艺领域上的繁荣。

我们开辟了这块园地，也是由于这一点诚恳的希望的缘故。

但当然，在今天，文艺的道路是各种各样的，我们也只好摸索着前进。既不愿无深信而盲从或无所为而立异，也不愿被时习所慑或被私心所愚；为了向真理走近，只想在工作里面学习，成长。

就这样，向读者，我们伸出了诚恳的手，和你们一起，为光荣的祖国效命，向真实的人生追求。

1943年2月28日

中　年

梁实秋

钟表上的时针是在慢慢的移动着的，移动的如此之慢，使你几乎不感觉到它的移动。人的年纪也是这样的，一年又一年，总有一天你会蓦然一惊，已经到了中年；到这时候大概有两件事使你不能不注意，讣闻不断的来，有些性急的朋友已经先走一步，很煞风景；同时又会忽然觉得一大批一大批的青年小伙子在眼前出现，从前也不知是在什么地方藏着的，如今一齐在你眼前摇幌，磕头碰脑的尽是些昂然阔步满面春风的角色，都像是要去吃喜酒的样子。自己的伙伴一个个的都入蛰了，把世界交给了青年人。所谓“耳畔频闻故人死，眼前但见少年多”；正是一般人中年的写照。

从前杂志背面常有“韦廉士红色补丸”的广告，画着一个憔悴的人，弓着身子，手拊在腰上，旁边注着“图中寓意”四字。那寓意对于青年人是相当深奥的。可是这幅图画却常在一般中年人的脑里涌现，虽然他不一定想吃“红色补丸”，那点寓意他是明白的了。一根黄松的柱子，都有弯曲倾斜的时候，何况是二十六块碎骨头拼凑成的一条脊椎?年青人没有不好照镜子的，在店铺的大玻璃窗前照一下都是好的，总觉得大致上还有几分姿色。这顾影自怜的习惯逐渐消失，以至于有一天偶然揽镜，突然发现额上刻了横纹，那线条是显明而有力，像是吴道子的“莼菜描”，心想那是抬头纹，可是低头也还是那样，再一细看头顶上的头发有搬家到腮旁颔下的趋势，而最令人怵目惊心的是，鬓角上发现几根白发，这一惊非同小可，平夙一毛不拔的人到这时候也不免要狠心的把它拔去，拔毛连茹，头发根上还许带着一颗鲜亮的肉珠。但是没有用，岁月不饶人!

一般的女人到了中年，更着急，那个年青女子不是饱满丰润得像一颗牛奶葡萄，一弹就破的样子?那个年青女子不是玲珑矫健得像一只燕子，跳动得那么轻灵?到了中年，全变了。曲线还存在，但满不是那么回事，该凹入的部份变成了凸出，该凸出的部份变成了凹入，牛奶葡萄要变成为金丝蜜枣，燕子要变鹌鹑。最暴露在外面的是一张脸，从“鱼尾”起皱纹撒出一面网，纵横辐辏，疏而不漏，把脸逐渐织成一幅铁路线最发达的地图，脸上的皱纹已经不是熨斗所能烫得平的，同时也不知怎么在皱纹之外还常常加上那么多的苍蝇屎。所以脂粉不可少。除非粪土之墙，没有不可圬的道理。在原有的一张脸上再罩上一张脸，本是最简便的事。不过在上妆之前、下妆之后，容易令人联想起《聊斋志异》的那一篇《画皮》而已。女人的肉好像最禁不起地心的吸力，一到中年便一齐松懈下来往下堆摊，成堆的肉挂在脸上，挂在腰边，挂在踝际。听说有许多西洋女子用赶面杖似的一根棒子早晚混身乱搓，希望把浮肿的肉压得结实一点；又有些人干脆忌食脂肪忌食淀粉，扎紧裤带，活生生的把自己“饿”回青春去。有多少效果，我不知道。

别以为人到中年，就算完事。不。譬如登临，人到中年像是攀跻到了最高峰，回头看看，一串串的小伙子正在“头也不回呀，汗也不揩”的往上爬。再仔细看看，路上有好多块绊脚石，曾把自己磕碰得鼻青脸肿，有好多处陷阱，使自己做了若干年的井底之蛙。回想从前，自己做过扑灯蛾，惹火焚身；自己做过撞窗户纸的苍蝇，一心想奔光明，结果落在粘苍蝇的胶纸上！这种种景象的观察，只有站在最高峰上才有可能。向前看，前面是下坡路，好走得多。

施耐庵水浒序云：“人生三十未娶，不应再娶；四十未仕，不应再仕。”其实“娶”“仕”都是小事，不娶不仕也罢，只是这种说法有点中途弃权的意味。西谚云。“人的生活在四十开始”。好像四十以前，不过是几出配戏，好戏都在后面。我想这与健康有关。吃窝头米糕长大的人，拖到中年就算不易，生命力已经蒸发殆尽；这样的人焉能再娶?何必再仕?服“维他赐保命”都嫌来不及了。我看见过一些得天独厚的男男女女，年青的时候楞头楞脑的，浓眉大眼，生僵挺硬，像是一些又青又涩的毛桃子，上面还带着挺长的一层毛。他们是未经琢磨过的璞石。可是到了中年，他们变得润泽了，容光焕发，脚底下像是有了弹簧，一看就知道是内容充实的。他们的生活像是在饮窖藏多年的陈酿，浓而芳洌！对于他们，中年没有悲哀。

四十开始生活，不算晚，问题在“生活”二字如何诠释。如果年届不惑，再学习溜冰踢毽子放风筝，“偷闲学少年”，那自然有如秋行春令，有点勉强。半老徐娘，留着“刘海”，躲在茅房里穿高跟鞋当做踩高跷般的练习走路，那也是惨事。中年的妙趣，在于相当的认识人生，认识自己，从而作自己所能作的事，享受自己所能享受的生活。科班的童伶宜于唱全本的大武戏，中年的演员才能担得起大出的轴子戏，只因他到中年才能真懂得戏的内容。

人生的道路怎样走（节录）

苏步青

人生观是对人生的根本看法，包括人为什么要活着，怎样做人，做一个什么样的人才算是有意义的，人生的道路该怎么走，等等。我的人生观是经历了三个朝代而最后在共产党的教育下才形成的。我认为，一个人的能力有大小，活着就是要为人类做出贡献。

有的同学问："您究竟为了什么要成名?"我首先要指出，一个人并不是自己想成名就能成名；而是长期间经过脑力劳动，艰苦奋斗，做出贡献之后才取得的。我小时候，抱着为光宗耀祖的封建思想，发奋读书，每次考试都获得第一名的好成绩。在留学日本期间，添上为祖国争光这一动力，开始在学业上有了较大的进步，并取得了理学博士学位。现在回想起来，真正做出一些成绩，还是在新中国成立以来的四十年，从50年代起，在共产党教育下逐步树立起为人民服务的世界观，决心尽自己所能，把为祖国出好数学人才看作自己应尽的责任，提出一代超过一代，而首先学生超过我自己。在这思想指导下，培养了大批人才。有人说，“名师出高徒”，但是我则认为由于有了高徒，我才被封为名师。可见，能够成名并非坏事，关键在于为祖国、为人民服务。千万不要有了名气，就向党向人民讨价还价，甚至堕落到反党、反人民而成为知识分子的败类。

有的同学问：“名誉对您来说意味着什么?”我认为，名誉是党和人民对我的鼓励和鞭策，名誉只能代表过去。我现在虽然担任全国政协副主席、复旦大学名誉校长等职务，但我不愿意在家里享清福，不做点工作心里就感到不安。今年八十七岁了，年纪不算小，但我几乎每天都要去学校办公室，在那里不是阅读文件，就是撰写数学著作。近十年来积少成多，出版了八本专著，共一百多万字，其中有四本是在外国出版的。退居二线之后自己觉得还有点精力，为中学教师举办三次（一年一次）培训班，让教师多掌握一些数学知识，以利于提高中学数学教学质量。一个人活着，就要全力以赴地为人民做点有益的事，决不能躺在过去的功劳薄上。

有的同学说：“现在读书太辛苦，不如个体户赚大钱。”毫无疑问，掌握科学文化知识是很艰苦的。马克思说：“在科学上没有平坦的大道，只有不畏劳苦沿着陡峭山路攀登的人，才有希望达到光辉的顶点。”如果把一生的希望寄托于“机遇”，则将一事无成。这里要树立正确的理想、坚定不移的自信心。仅仅为个人今后能过美好舒适的生活而学习，那未免太渺小了。青年同学要把自己的命运和祖国的前途紧密地联系在一起。眼睛只盯着个体户赚大钱上，就会贪图眼前的利益而放弃自己的理想，逐步走上堕落的道路，那是十分危险的。利令智昏，古来就是如此。国家的四化建设需要千百万掌握现代科学技术的人才，国家不强盛，人民就要受欺侮，历史的教训切勿忘记。我之所以有今天，可以说是在一辈子艰苦奋斗中得来的。不付出血汗，希冀成绩会从天而降，那是幻想。

1989年10月16日

又是一年春草绿

梁遇春

一年四季，我最怕的却是春天。夏的沉闷，秋的枯燥，冬的寂寞，我都能够忍受，有时还感到片刻的欣欢。灼热的阳光，憔悴的霜林，浓密的乌云，这些东西跟满目创痍的人世是这么相称，真可算做这出永远演不完的悲剧的绝好背景。当个演员，同时又当个观客的我虽然心酸，看到这么美妙的艺术，有时也免不了陶然色喜，传出灵魂上的笑涡了。坐在炉边，听到呼呼的北风，一页一页翻阅一些畸零人的书信或日记，我的心境大概有点像人们所谓春的情调罢。可是一看到阶前草绿，窗外花红，我就感到宇宙的不调和，好像在弥留病人的榻旁听到少女的轻脆的笑声，不，简直好像参加婚礼时候听到凄楚的丧钟。这到底是恶魔的调侃呢，还是垂泪的慈母拿几件新奇的玩物来哄临终的孩子呢?每当大地春回的时候，我常想起《哈姆雷特》里面那位姑娘藏着鲜花圈子，唱着歌儿，沉到水里去了。这真是莫大的悲剧呀，比哈姆雷特的命运还来得可伤，叫人们啼笑皆非，只好朦胧地倘徉于迷途之上，在谜的空气里度过鲜血染着鲜花的一生了。坟墓旁年年开遍了春花，宇宙永远是这样二元，两者错综起来，就构成了这个杂乱下劣的人世了。其实不单自然界是这样子安排颠倒遇颠连，人事也无非如此白莲与污泥相接，在卑鄙坏恶的人群里偏有些雪白晶清的灵魂，可是旷世的伟人又是三寸名心未死，落个白玉之玷了。天下有了伪君子，我们虽然亲眼看见美德，也不敢贸然去相信了；可是极无聊，极不堪的下流种子有时却磊落大方，一鸣惊人，情愿把自己牺牲了。席勒说，“只有错误才是活的，真理只好算做个死东西罢了。”可见连抽象的境界里都不会有个称心如意的事情了。“可哀惟有人间世”，大概就是为着这个原因罢。

我是个常带笑脸的人，虽然心绪凄其的时候居多。可是我的笑并不是百无聊赖时的苦笑，假使人生单使我们觉得无可奈何，“独闭空斋画大圈，”那么这个世界也不值得一笑了。我的笑也不是世故老人的冷笑，忙忙扰扰的哀乐虽然尝过了不少，鬼鬼祟祟的把戏虽然也窥破了一二，我却总不拿这类下流的伎俩放在眼里，以为不值得尊称为世故的对象，所以不管我多么焦头烂额，立在这片瓦砾场中，我向来不屑对于这些加之以冷笑。我的笑也不是哀莫大于心死以后的狞笑。我现在最感到苦痛的就是我的心太活跃了，不知怎的，无论到那儿去，总有些触目伤心，凄然泪下的意思，大有失恋与伤逝冶于一炉的光景，怎么还会狞笑呢。我的辛酸心境并不是年青人常有的那种累带诗意的感伤情调，那是生命之杯盛满后溅出来的泡花，那是无上的快乐呀，释迦牟尼佛所以会那么陶然，也就是为着他具了那个清风朗月的慈悲境界罢。走人人生迷园而不能自拔的我怎么会有这种的闲情逸致呢！我的，辛酸心境也不是像丁尼生所说的“天下最沉痛的事情莫过于回忆起欣欢的日子”。这位诗人自己却又说道：“曾经亲爱过，后来永诀了，总比绝没有亲爱过好多了。”我是没有过这么一度的鸟语花香，我的生涯好比没有绿洲的空旷沙漠，好比没有棕榈的热带国土，简直是挂着蛛网，未曾听过管弦声的，一所空屋。我的辛酸心境更不是像近代仕女们脸上故意贴上的“黑点”，朋友们看到我微笑着道出许多伤心话，总是不能见谅，以为这些娓娓酸语无非拿来点缀风光，更增生活的妩媚罢了。“知己从来不易知”，其实我们也用不着这样苛求，谁敢说真知道了自己呢，否则希腊人也不必在神庙里刻上“知道你自己”那句话了，可是我就没有走过芳花缤纷的蔷薇的路，我只看见枯树同落叶；狂欢的宴席上排了一个白森森的人头固然可以叫古代的.波斯人感到人生的悠忽而更见沈醉，骷髅搂着如花的少女跳舞固然可以使荒山上月光里的撒但摇着头上的两角哈哈大笑，但是八百里的荆棘岭总不能算做愉快的旅程罢；梅花落后，雪月空明，当然是个好境界，可是牛山濯濯的峭壁上一年到底只有一阵一阵的狂风瞎吹着，那就会叫人思之欲泣了。这些话虽然言之过甚，缩小来看，也可以映出我这个无可为欢处的心境了。

在这个无时无地都有哭声回响着的世界里年年偏有这么一个春天，在这个满天澄蓝，泼地草绿的季节，毒蛇却也换了一套春装睡眼朦胧地来跟人们作伴了，禁闭于层冰底下的秽气也随着春水的绿波传到情侣的身旁了。这些矛盾恐怕就是数千年来贤哲所追求的宇宙本质罢！蕞尔的我大概也分了一份上帝这笔礼物罢。笑涡里贮着泪珠儿的我活在这个乌云里夹着闪电，早上彩霞暮雨凄凄的宇宙里，天人合一，也可以说是无憾了，何必再去寻找那个无根的解释呢。“满眼春风百事非”，这般就是这般。

立志在童年（节录）

◎ 丁舜年

回忆当时我所生活的社会环境，真是万方多难，人民处于水深火热之中；我经常听到老师和家长们谈论富国强兵之道，我也想过在使国家富强起来的伟大事业中我能做些什么呢。我的身体并不健壮，又出身于“文弱”的书生家庭，不可能投笔从戎。我痛恨军阀官僚专政，欺压人民，当然也不愿从政。在“士大夫们”的眼光中，经商受到轻视。我在学校读书，热爱算术和自然、博物（包括物理、化学、生物等基本知识）等课程。家里有不少父亲从泰兴带回来的理化教科书和参考书，我很喜欢翻阅，但只能看懂其中的一小部分。这些书的内容要比在学校里学的丰富得多。当时教我们“自然课”的老师经常向我们宣扬流行于教育界的“科学救国论”。因此，在社会和家庭的影响下，我定下主意要努力学习数、化，希望能考进理工科大学，将来为发展科学技术，振兴工业作出贡献。

在小学和初中阶段对算术（数学）、自然（博物）、英语等课程特别努力，成绩优良。老师们很喜欢我，给予很多鼓励。我清早总是首先读记英文生词。然后上学。算术四则应用题比较难解，我把它们分成类，并从中找出解题的关键，求得通用的解法，此外还经常翻阅父亲的理化书籍。

这时在长兴除了一些古老的手工业外没有工厂，看不到机器。我对建造房屋和制作家具的木工特别感兴趣，看他们在墙上缩小比例把房屋结构画出图来，然后在木料上划线。我喜爱自己动手做木工模型，有一次因不善使用笨重的木斧，把手指割破了，留下一个大伤疤。我也学他们在纸上画一些房屋和桌椅等家具的简单工程图，然后做成小模型。又在木料上刻花纹、图形，但经常刮手指。

我曾利用旧伞上的铁管柄，取下一小段，把一头打扁封口，还请洋铁匠把封口焊好，配上木柄，制成一把土手枪，但没有火药。我听老师讲过，小便池旁砖上和墙壁上常有白色粉末，这是一种硝酸盐。可做火药。我就和几个同学到处寻找，果然找到了一些，再掺上木炭粉，点火会燃烧。但数量太少，不够放一枪，算是做了一次小试验。

由于童年时的遭遇，父母老师们的引导与训示，我在长兴高等小学毕业后，要求继续学习。以后在湖州读完初中。1925年毕业时名列前茅。同年考人杭州浙江省立高级中学。选读理科（按那时的学制，高中分文、理、商、师范等科），毕业后考进上海交通大学，在电机工程学院（相当现在的电机工程系）学习。以后在学校、工厂、研究院等单位工作了几十年，做了一些应做的事，虽然贡献不算大，但儿童时代的志愿，总算基本上实现了。回忆五十多年的工作历程，我所做的大部分有意义的事情，都是在解放后完成的，这有力地说明只有在中国共产党领导下的新中国，才有加强科学研究、发展工业、振兴中华的条件和实现的可能。

与我的童年相比，现在的小朋友们是多么幸福啊。中国人民在中国共产党领导下铲除了军阀和反动官僚，赶走了外国军队，推翻了国民党的统治。解放后我国人民为把祖国建设成为一个现代化的社会主义强国而艰苦奋斗。这个历史使命要持续几十年，甚至近百年，将来要由现在的小朋友们担负起来。人贵有志，每个人都要有自己的理想，而理想则要在少年儿童时期开始，逐渐形成。对国家、对人民贡献的大小是与各人的才智和努力分不开的。在儿童和少年时期，就需要立大志，勤奋学习，天天向上。为以后成才打基础、作准备。古人有句诗："少小不努力，老大徒伤悲"是有一定道理的。"长江后浪推前浪"，希望小朋友们将来接好班，在"四化"建设中，比前人做出更大的贡献。

我爱书

◎ 戈宝权

回想起来，那还是童年时代的事。我的叔父戈公振送了一盒积木给我，他在盒盖里面用工整的小楷写着这样两句话："房子是一块砖头一块砖头造成的，学问是一本书一本书读成的。"不用说，积木早在童年时代就散失了，我当时还曾把盒盖珍贵地保存着，后来盒盖也不见了，但叔父写的这两句话，却长久地铭刻在我的脑海里，而且对我后来的生活、学习、思想和工作，都曾发生过很大的影响。

我于1913年旧历正月初，出生在江苏省苏北东台县城的一个所谓"世代书香"的人家。这正是辛亥革命后的第二年，我的母亲时常夸耀地说："光复那一年，我们家最先挂起了白旗，响应了革命。"我们家的大门上每到春节都要贴上一副对联，上联就是"诗书门第"四个大字，这就说明我们家里是个知识分子的家庭了。我的祖父是个监生，很受地方人士的尊敬；我的父亲多年来在家乡从事教育工作；我的叔父多年来则在上海献身新闻事业，因此我们家很早就接触到新学和民主革命的思想。家里藏有不少的书，记得其中就有邹容的《革命军》，梁启超编的《新民丛报》，但这些书在我童年时是看不懂的。那时我最喜欢看的，就是申报馆用石印印刷的《点石斋画报》。

我们家住在东台县城南靠城河的玉带桥边，一直到十五岁我离开家乡去上海读书之前，我的少儿时代都是在这里度过的。因此我常说：“我是从小吃城河里的水、西乡的粮食和东乡的粗盐长大的。”这也是我直到今天还对家乡怀有深厚的感情的原因。

六岁时，也就是“五四”运动的这一年，我进了在中巷的东台初级国民小学。我的哥哥比我大三岁，他先进了私塾，他每次放学回家都要背诵正学的《千字诗》，因此我很早就从他那里听会了程颢的《春日偶成》：“云淡风轻近午天，傍花随柳过前川。时人不识余心乐，将谓偷闲学少年。”和杜牧的《清明》：“清明时节雨纷纷，路上行人欲断魂。借问酒家何处有，牧童遥指杏花村。”等许多诗。我在小学里读的，是商务印书馆编印的线装本的《国文教科书》，一开头就是：“人手足刀尺，山水田，狗牛羊”等许多单字。老师也教过《三字经》，因此从小就能背诵“人之初，性本善”的句子。记得我们当时学会了唱第一首《国歌》："中国雄立宇宙间"；后来又改唱古老的《乡云歌》："乡云烂兮，乱缦缦兮；日月光华，旦复旦兮。"我们还要上算术、手工、习字和体操之类的功课。课外活动最喜欢跳绳和踢毽子。记得当时流行一首歌谣："杨柳生，放风筝；杨柳死，踢毽子；杨柳弯弯滚铁环。"

小学的课程，只起了启蒙的作用，但在我的童年生活起了更大的作用的，却是在家里发现的一些儿童读物。我从小就喜欢看书，真可说是"爱书如命"，因此家里人都说我是个"书呆子"，我甚至还学会了抄书和装订抄写的书。记得我在家里找到了一本商务印书馆出版的孙毓修编写的《伊索寓言演义》，书里面的寓言和插图都给我留下了非常深刻的印象。后来父亲为我们订阅了商务印书馆出版的《儿童世界》和中华书局出版的《小朋友》。在这两种儿童刊物里，我觉得《小朋友》太浅，因此更喜欢看由郑振铎主编的《儿童世界》，因为其中介绍了不少外国儿童女学作品。我曾从《儿童世界》的新年特大号中最初读到丹麦童话作家安徒生写的《卖火柴的小女孩》，一直到今天都无法遗忘。记得1937年圣诞节时，我正在丹麦的首都哥本哈根访问，那时到处一片冰天雪地，当看到节日大街上的辉煌的灯火，看到市政厅门前的大圣诞树，卖火柴的小女孩的形象就不时地出现在我的眼前。当我十岁时，我的叔父回过家乡一次，我请他买一套商务印书馆，出版的唐小圃编辑的《托尔斯泰儿童文学类编》给我。过后不久，我就接到他从上海寄来的六本书；他在第一本的封面上用钢笔写着："宝权侄览，公振寄"十三、三、二十八（1924年3月28日）。回想起来，这已是好多年以前的事了，但我把这一套书一直保存着。印在这本书前面的托尔斯泰的画像和他给自己的孙儿与孙女讲《农夫与黄瓜》故事的照片，留给我非常深的印象。我珍惜这套书，不仅因为封面上有叔父的题字，向时还因为它为我打开了一扇通向外国文学的窗户，更何况我最初接触到的就是俄国文学，而且又是俄国大文豪托尔斯泰专为儿童写的作品呢！

初级国民小学毕业后，我就进了在文庙附近的第一高等小学，这也就是我的叔父曾经读过书的高等学堂。这时我们开始读白话文的《语文教科书》，教科书中选了吴敬梓写的《儒林外史》中的王冕读书的故事，记得其中还选了俞平伯写的新诗。高等小学毕业后，我又进了由南通的实业家张謇为了纪念他父母的家乡在东台创办的母里师范学校。这时我们家订阅了不少种报刊，其中就有《申报》、《时报》、《东方杂志》、《小说月报》、《教育杂志》、《妇女杂志》和《学生杂志》等。记得当时从《东方杂志》上最先读到了夏丏尊翻译的意大利作家阿米契斯写的一个意大利小学生的日记《爱的教育》（原著名为《心》），后来开明书局印成单行本，我读了这本书很受感动，把它一直珍藏着。我还从一个在上海读书的中学生那里，借到一本亚东书局出版的《新诗年选》和不少文学研究会出版的书，如叶绍钧（圣陶）的童话集《稻草人》，冰心的小说集

《超人》和短诗集《繁星》，还又从一个书贩那里，买到鲁迅的小说集《呐喊》和《彷徨》，郭沫若的诗集《女神》，这样我就开始接触到了“五四”运动以后的新文学，甚至也引起了我想写点小诗和散文作品的念头。这就是童年时书籍给予我的最初的启发了。

我从小除最爱读书外，还喜欢远游。我的家东台没有多少名胜古迹，但童年时喜欢逛文庙、登城东的魁星楼，更喜欢的则是利用春节朝山进香或是学校里举行的春秋两次“远足”（旅行）的机会去游西溪镇的泰山寺。西溪镇原是东台的古海口，这里曾经是北宋词人晏殊和北宋名臣范仲淹做过官的地方。范仲淹曾有诗云：“谁道西溪小，西溪出大才。参知两臣相，皆向此间来。”因此在西溪镇留有晏殊长院，范仲淹为了防御海潮还在东台修建了范公堤，西溪有唐代尉迟敬德修建的海春轩塔（我们通称它为唐峰塔），有高耸的泰山寺。但最使人感兴趣的，还是当地有许多与董永卖身葬父路遇七仙女（织女）的故事。这个民间故事广泛流传于江苏、安徽、湖北一带，但又以东台的西溪镇为最盛。这里的老槐树、土地庙、辞郎河、董永墓，从小就深深地刻印在我的记忆里，这也是我从小喜欢民间故事的原因。

我对于书籍和旅游的热爱，差不多贯穿了我的一生，我时常用“读万卷书”和“行万里路”两句古话来自勉。我称自己的书房为“万卷书斋”。我认为只有“读万卷书”，才可能使自己的知识更为广博；只有“行万里路”，才可以使自己的眼界更为开阔。书本的知识是重要的，但从生活得到的知识更可补书本的不足。

前几年我把高尔基的自传体的短篇小说《我怎样学习》译成中文，其中有两段话我最为欣赏：

“我怀着对我确信的真理的深深的信心，我对所有的人说：热爱书籍吧，它会使你的生活感到轻快；它将会友好地帮助你搞清楚各种思想、感情与各种事件的多样而激烈的混乱；它要教会你去尊敬别人和你自己；它要用对于世界和对于人的爱，给你的理智和心灵插上翅膀。”

“热爱书籍吧——这是知识的泉源，只有知识才有救人的力量，只有它才能使我们在精神上成为强有力的、真诚的、有理智的人；这样的人才能真诚地爱人、尊敬人的劳动，诚心地欣赏人类那不断的伟大劳动创造出来的美丽的果实。”

当我写完这篇短文时，我的叔父在我童年时写给我的那句话：“学问是一本书一本书读成的”，至今还经常响在我的耳边！

美育与人生

蔡元培

人的一生，不外乎意志的活动，而意志是盲目的.其所恃以为较近之观照者，是知识；所以供远照、旁照之用者，是感情。

意志之表现为行为。行为之中，以一己的卫生而免死、趋利而避害者为最普通；此种行为，仅仅普通的知识，就可以指导了。进一步的，似众人的生及众人的利为目的，而一已生与利即托于其中。此种行为，一方面由于知识上的计较，知道众人皆死而一已不能独生；众人皆害而一己不能独利。又一方面，则亦受感情的推动，不忍独生以坐视众人的死；不忍专利以坐视众人的害。更进一步，于必要时，愿舍一己的生以救众人的死；愿舍一己的利以去众人的害，把人我的分别，一己生死利害的关系，统统忘掉了。这种伟大而高尚的行为，是完全发动于感情的。

人人都有感情，而并非都有伟大而高尚的行为，这由于感情推动力的薄弱。要转弱而为强，转薄而为厚，有待于陶养。陶养的工具，为美的对象，陶养的作用，叫作美育。

美的对象，何以能陶养感情?因为他有两种特性：一是普遍；二是超脱。

一瓢之水，一人饮了，他人就没得分润；容足之地，一人占了，他人就没得并立；这种物质上不相人的成例，是助长人我的区别、自私自利的计较的。转而观美的对象，就大不相同。凡味觉、嗅觉、肤觉之含有质的关系者，均不以美论；而美感的发动，乃以摄影及音波辗转传达之视觉与听觉为限。所以纯然有"天下为公"之概；名山大川，人人得而游览；夕阳明月，人人得而赏玩；公园的造像，美术馆的图画，人人得而畅观。齐宣王称"独乐乐不若与人乐乐"；"与少乐乐不若与众乐乐"；陶渊明称"奇文共欣赏"；这都是美的普遍性的证明。

植物的花，不过为果实的准备；而梅、杏、桃、李之属，诗人所咏叹的，以花为多。专供赏玩之花，且有因人择的作用，而不能结果的。动物的毛羽，所以御寒，人固有制裘、织呢的习惯；然白鹭之羽，孔雀之尾，乃专以供装饰。宫室可以避风雨就好了，何以要雕刻与彩画?器具可以应用就好了，何以要图案?语言可以达意就好了，何以要特制音调的诗歌?可以证明美的作用，是超越乎利用的范围的。

既有普遍性以打破人我的成见，又有超脱性以透出利害的关系；所以当着重要关头，有“富贵不能淫，贫贱不能移，威武不能屈”的气概；甚且有“杀身以成仁”而不“求生以害仁”的勇敢；这种是完全不由于知识的计较，而由于感情的陶养，就是不源于智育，而源于美育。

所以吾人固不可不有一种普通职业，以应利用、厚生的需要；而于工作的余暇，又不可不读文学，听音乐，参观美术馆，以谋知识与感情的调和，这样，才算是认识人生的价值了。

据蔡元培手稿

清　贫

方志敏

我从事革命斗争，已经十余年了。在这长期的奋斗中，我一向是过着朴素的生活，从没有奢侈过。经手的款项，总在数百万元；但为革命而筹集的金钱，是一点一滴的用之于革命事业。这在国方的伟人们看来，颇似奇迹，或以为夸张；而矜持不苟，舍己为公，却是每个共产党员具备的美德。所以，如果有人问我身边有没有一些积蓄，那我可以告诉你一桩趣事：

就在我被俘的那一天——一个最不幸的日子，有两个国方兵士，在树林中发现了我，而且猜到我是什么人的时候，他们满肚子热望在我身上搜出一千或八百大洋，或者搜出一些金镯金戒指一类的东西，发个意外之财。哪知道从我上身摸到下身，从袄领捏到袜底，除了一只时表和一支自来水笔之外，一个铜板都没有搜出。他们于是激怒起来了，猜疑我是把钱藏在哪里，不肯拿出来。他们之中有一个，左手拿着一个木炳榴弹，右手拉出榴弹中的引线，双脚拉开一步，作出要抛掷的姿势，用凶恶的眼光盯住我。威吓地吼道：

“赶快将钱拿出来，不然就是一炸弹，把你炸死去！”

“哼！你不要作出那难看的样子来吧！我确实一个铜板都没有存；想从我这里发洋财，是想错了。”我微笑淡淡地说。

“你骗谁！像你当大官的人会没有钱！”拿榴弹的兵士坚不相信。

“决不会没有钱的，一定是藏在哪里，我是老出门的，骗不得我。”另一个兵士一面说，一面弓着背重来一次将我的衣角裤档过细的捏。总企望着有新的发现。

“你们要相信我的话，不要瞎忙吧！我不比你们国民党当官，个个都有钱。我今天确实是一个铜板也没有，我们革命不是为着发财啦！”我再向他们解释。

等他们确知在我身上搜不出什么的时候，也就停手不搜了；又在我藏躲地方的周围，低头注目搜寻了一番，也毫无所得，他们是多么的失望呵！那个持弹欲放的兵士，也将拉着的引线，仍旧塞进榴弹的木柄里，转过来抢夺我的表和水笔。后彼此说定表和笔卖出钱来平分，才算无话。他们用怀疑而又惊异的目光，对我自上而下的望了几遍，就同声命令地说：“走吧！”

是不是还要问问我家里有没有一些财产?请等一下，让我想一想，啊，记起来了，有的有的，但不算多。去年暑天我穿的几套旧的汗褂裤，与几双缝上底的线袜，已交给我的妻放在深山坞里保藏着——怕国军进攻时，被人抢了去，准备今年暑天拿出来再穿；那些就算是我唯一的财产了。但我说出那几件“传世宝”来，岂不要叫那些富翁们齿冷三天?!

清贫，洁白朴素的生活，正是我们革命者能够战胜许多困难的地方!

学者的风范

杨占生

黄药眠先生离开我们已整整一年了！这一年来，他的音容笑貌时时出现在我的脑海里，一种缅怀与忏悔的情感常常涌上我的心头，不管我的笔头是多么笨拙，也要记下这点点滴滴。

我第一次见到黄药眠先生是在一次座谈会上。大约是1949年5月间，在师大男附中的一个小教室里开了一个纪念《在延安文艺座谈会上的讲话》的座谈会，由叶丁易先生主持，参加的人不多，我们少数学生去旁听。记得黄先生和曹禺、杨晦、叶丁易等先生都讲了话。黄先生从座位上站起来发言，穿一身灰布衣服，头发花白，面孔白皙，声音柔和，显得很平静。我当时心想：啊，这就是大名鼎鼎的文艺理论家黄药眠！这次会后不久，叶丁易先生就让我们几个学生去黄先生住的宾馆拜望他，以学生的名义请求他来师大任教。我们怀着兴奋的心情进了他的房间，他好像正在屋里徘徊，想什么事情，看见我们进来，漠然地站在那里，问我们有什么事。当我们说明来意后，他不动声色地说，等考虑考虑再说吧，显得很冷淡。我们像给浇了盆冷水似的，直觉得透心地凉。在回校的路上，我们几个人议论纷纷，共同的感觉是这位先生有点傲慢，不好接近。

在叶丁易先生的努力下，黄先生终于被请来了，给我们讲文学理论、文学批评、西洋文学史，还指导我们一个小组的写作练习。他的讲课内容新鲜、条理清晰、语言简明、声调柔和悦耳，使我们第一次受到系统的马克思主义文学理论知识的教育，很快，我们就被吸引住了，对他的课产生了浓厚的兴趣。他上课爱提问，爱走动，爱跟年龄小的女同学开玩笑，显得活泼、生动、幽默。记得师母蔡澈先生当时在华大学习，他们结婚不久，有一次也来听黄先生讲课，坐在教室的后排。黄先生上讲台，发现我们小声谈笑，好像与他有关，他检查了一下自己的衣裳，没有发现什么可笑之处，便奇怪地问："你们笑什么？"我们都憋不住笑出声来，有几个同学说："我们要吃糖！"这时他明白过来了，微笑着，习惯地用食指捂捂鼻子说："噢！要吃糖，那没有问题，现在先上课吧。"我们都沉浸在欢乐友爱的气氛里，再也没有过去那种冷淡隔膜感了。

黄先生一身正气，为人坦率真诚，对学生貌严心慈，外冷内热，以他的崇高品格、精湛学识影响着哺育着我们。那时我在学生会工作，忙忙乱乱，学习抓得不紧。大概黄先生看出了我的毛病，有一次上课时提问我："什么是典型？"我吞吞吐吐没说清楚。他当时没有说什么，下课后让我留下来，严肃地告诉我，学生干部在学习上应该更严格地要求自己，不能借口工作忙而放松学习。我羞愧地低下了头，内心充满对他的感激。在我上大学期间，还没有哪一位老师对我这样严格要求过。黄先生当时还兼管我们一个小组的写作，有一次他让我们练习写一篇人物速写。我写的是我们同屋的一位同学。他已结婚，而且有了小孩。他为人随和厚道，爱睡懒觉，大家都喜欢同他开玩笑，他也乐于同大家开心。我一向文笔笨拙，当然难以写得很像，但因为和他同窗几年，朝夕相处，还基本上写出了他招人喜爱的某些性格特征。这一点得到了黄先生的肯定，给了高分，但他同时又严格地指出文章所存在的毛病，说我对人物身上的缺点抱着欣赏同情的态度，流露出小资产阶级的温情主义。他的这一教导，不仅使我认识到自己思想感情上所存在的问题，还使我懂得如何去体会作品里人物的思想感情和作者的态度。我上大学时的作业练习大都丢弃了，唯独经过他认真批改的这篇作业还保留着，它将永远铭记在我的心里。

1952年院系调整后，黄先生勉强答应，担任了北京师大中文系主任职务。不久，他把我从教务处要回系里做秘书，并担任一部分课。那时他已年届半百，社会活动甚多，报刊约稿频繁，校内各种会议也连续不断，但他仍然坚持上课，并和钟敬文、穆木天、彭慧等先生在全国率先招收研究生，表现出一种开拓事业的精力和气魄。现在这批人已成为高校教学科研骨干，有的已担任了博士生导师。当时正是蜕旧变新的过渡时期，教育战线也处于从教学计划、教学内容到教学方法的全面变革阶段。师大中文系受教育部委托，起草全国高等师范的教学计划，并负责主持制定各课的教学大纲。为此，需要同有关院校经常联系，征求意见，工作是很繁重的。那时系里只有教务员、办事员、工友三个人是脱产的，其余党政干部都是兼职。我不仅白天的时间全部用在行政工作上，有时连晚上的时间都得搭进去，因此备课时间没有保证，常常靠开夜车备课应急，影响教学效果。自己深感行政工作与教学的矛盾，曾想暂时放弃教学。当我怀着不安的心情把这一想法向他吐露以后，他并没有责备我，而是给以耐心地开导，他说，只抓行政工作不搞业务，是一种短视的想法，为人民服务要有实际本领，趁年轻的时候一定要努力掌握一门专业，否则将来会后悔莫及的。他语重心长的教导，温暖、鼓励了我这颗苦闷不安的心，对我后来能把教学工作坚持下来起了关键性作用。惭愧的是这30多年来我只做到了没有离开教学岗位，而没有在学术研究方面做出什么成绩，有负于黄先生的谆谆教导。

说起黄先生对学生严格而厚爱的教导，那是很多的。当时在青年教师中最受人羡慕的是他的两名助教。这不仅因为有黄先生这样的名家做他们的导师，更重要的是由于黄先生对他们的悉心培养。他为他们安排了具体的进修计划，认真地审阅批改他们的每一篇讲稿，有时他在外边开会回来很晚了，但他一定要赶着看完他们送来的讲稿，才疲乏地回家吃饭。令人感动的是，这种情况并不是偶尔一次两次，而是常常出现的，蔡师母也饱尝了等他回家吃饭的甘苦。

黄先生对研究生的培养，要求很严，方法也很高明。他不只注重系统的理论学习，强调把理论学习与作家创作研究结合起来，在研究作家创作的具体实践中学习掌握理论。我记得，他的第一届研究生就仔细地讨论过茅盾的小说和赵树理的《三里湾》，我曾旁听过他们的讨论。黄先生对他们的发言都做扼要的评点，有时批评很尖锐，但大家都心悦诚服。严师出高徒，他的这些弟子尽管也历尽坎坷，但现在大都是文教战线上的骨干力量。

有一段时间，中文系教师党支部个别负责人对黄先生的工作不够尊重，在选留助教、指导教育实习等问题上指指点点，与黄先生发生冲突，惹得黄先生很不高兴，要辞掉系主任职务。我感到问题严重，及时向学校党的最高领导人何锡麟副校长做了汇报。何副校长亲自到黄先生家里了解情况，听取意见，并召开了一个小型座谈会，有黄先生、中文系教师党支部负责人、校党委书记参加，我作为见证人也被指定出席。在会上，我没有偏向谁，对有关情况做了比较客观公正的汇报。何副校长听取了大家的发言后，高度赞扬了黄先生认真负责的工作精神，批评了党支部个别负责人的错误态度。辨明是非之后，黄先生接受了挽留，没有坚辞系主任职务，对我的工作也更放手了，包括李何林先生、许杰先生等与他往来的一些有关办学的信件也交给我处理。同他的接触中，我深切地感受到他对党的领导是很尊重的，但又不是无原则的，对某些党员干部的不正确意见，他是坚决抵制的，表现出他那种坚持原则、光明磊落的倔强品格。

正当他辛辛苦苦参与制定高校体制改革方案，诚诚恳恳帮助党整风，想为革命事业做出更大贡献的时候，一场意想不到的政治风暴降临到中国大地，一顶“大右派”的帽子扣到了他的头上。我不了解他当时受到如此重大的打击屈辱之后内心是怎样的痛苦，也不知道他对像我这样不辨是非、忘恩负义的愚昧之徒是怎样想的，很长一段时间我都不敢正面看他，更不敢同他接触，怕别人说自己同他划不清界限，怕自己不知道该同他怎样说话、说什么。当时我感迷惘和苦闷，不理解他为什么要“反党反社会主义”，感情上很为他惋惜，而“理智上”则认为他是错的，犯了罪。因此，在批判他的大小会上我都努力紧跟，声嘶力竭地叫嚷。但这是一种什么样的“理智”啊！当自己的老师在精神上人格上受到莫大的冤屈凌辱的时候，自己不但不去为他辩白，反而跟着错误潮流一起去侮辱他伤害他，这哪里还谈得上什么理智，完全是一种丧失人性的愚昧！然而更可悲可恨的是一直到1979年给他平反以后，我才认识到他所蒙受的极大冤屈，才开始醒悟到自己的愚昧和罪过，才开始意识到长期以来那种歌颂“大救星”、鼓吹“驯服工具论”的封建奴性教育的可怕后果！

给他平反以后，我怀着悔罪不安的心情到他家里去拜望他，准备接受他可能给予的轻蔑冷淡的待遇，也准备向他做一次发自肺腑的忏悔。然而迎接我的仍然是他过去那种严肃平静中蕴含着的祥和热情，没有丝毫的埋怨和冷淡。这反倒使我准备向他忏悔的话一句也说不出来。以后每次去看望他，也总是这样，我所感受到的还是他的那一种严厉、耿直、仁爱的心怀，还是他的关切和鼓励，我还是一句忏悔的话也说不出来。我本来还有许多社会现实问题想请教他，但他这时身体已很不好，不便再打搅他。有一次上海社会科学院文学研究所的包子衍、彭绍发两位同志来京，为一些著名老作家录音，留作历史文献资料。他们想给黄先生录音，但不知他是否愿意。我先去征求他的意见，他没有推辞，并当天就抱病做了部分录音。他还是那样，人家求到他的事，他总是尽可能地给以满足。有一位曾在师大中文系兼过课的学者在历经坎坷之后要落实政策了，他给黄先生来信，要求出具证明，说明他在师大兼课的时间和职称。为此，黄先生特意把我叫去，问我当时的具体情况，是否有兼课聘书和职称。他还是那样认真负责，还是那样关怀别人，还是那样最大限度地满足别人的要求。我们的国家，我们的民族，我们的人民，多么需要他的这种精神、这种品格啊！然而他已经走了，已经走了一年了，在他生前我还没来得及向他说一句忏悔的话，没来得及向他请教有关我们社会现实中的诸多问题，他就走了。这是多么不可挽回的损失啊！我们是多么想念他啊！然而再也见不到他了！我只有在忏悔中永远铭记着他的教导，学习他的精神，努力做一个正直的有头脑的中国人。

1988年9月

紫色的雾

◎ 闻 山

是紫丁香盛开的时候。柳条儿绿油油。春天早晨的清华园，清新得像从露水里捞起来似的。阳光斜照着大礼堂的圆顶，鸟儿刚睡醒，正快乐地练习每天的歌喉。三院前面草地上，浮起一层紫雾。那紫色，纯净、雅洁、秀丽。微风吹过来一阵丁香的甜味，让人们忘记了这是艰苦的岁月，中国正处在黎明前最黑暗的时刻。

朱自清先生的“现代中国文学讨论及习作”是第一堂课。他经常是第一个走进课室——就是三院西北角那个小课堂。他头上戴着那顶清华园里独一无二的帽子，和济公活佛头上那顶差不多。身上穿着多年前在英国留学时穿的西装，也不知是当年时兴，还是朱先生个子长了，那衣服的袖子、裤腿，都显得短缩。但穿的人却泰然自若，手里提着“士的”，安安静静地从后门走进三院的走廊里来。他明净的目光，透过那副正圆形黑框近视眼镜，亲切地望着我。

我说："朱先生早！"

"你也来得早呀！"

我说："早晨看这紫丁香特别美！"

朱先生望着那片紫色的雾，半晌才说："是的，真美！"

我们都不再说话。不知怎的，朱先生这时的神态，宁静而深思的目光，便永远刻在我心里，像一座雕像。它浮现在一片紫色的丁香花之中，这是一个对自己所尊敬的人留下的难得记忆。这记忆是永恒的。

同学们陆续来了。我们才从紫色的幻想中回来。朱先生踏上讲台，说："今天，我给大家念一篇短文，大家来批评。"(这是朱先生开这门课的特殊练习法：除他讲课、同学自选题作文之外，他还选读一些作品或同学们的习作，让大家当场写意见，批评。) 他发给每个人半页纸，然后打开一本刊物，读了一篇千把字的文章。这是一篇抒情短文，作者幻想自己向高高的天空飞翔，描写自己飞得如何之自由自在，等等。我以前好几次写意见，议论作品的优缺点，都比较注意，尽可能说得全面一些。这回可写得很不客气。因为当时的时局那么叫人不能安心，国民党进攻解放区，占领了张家口，听到这种轻飘飘的往天上飞的调调儿，心里就厌烦。我批它脱离现实、空想。

第二次上课，朱先生按例先发卷子，我拿在手上一看，是乙十。这可不是容易得的分数！平常能得个乙就算不错了。朱先生打分数和他讲话一样严谨。这次我交卷后都有点后悔，不该全说人家的缺点嘛，那篇散文的文字还是美的，而且有想象力。没想到，这种偏激的意见却得到了朱先生的乙十！

朱先生发完卷，看大家安静下来，注意力集中了，他谦逊地一笑，说："这次你们批评的这篇小文章是我写的。请你们帮我分析分析。有的同学批评得很对，就是和现实生活不相干的东西。"说时，朱先生看了我两眼。哎哟！这可真是开了个大玩笑！我这个学生竟批起朱先生来了。我脸上觉得发热。低下头再看那个乙十，这个符号就变成了不是给我的分数，而是对我的批评，相对的却是标志着朱先生的谦虚、他的为人、他的美的品德。

我现在还保存着朱先生批评过的习作。那毛笔写的端端正正的蝇头小楷，那细致、精确的意见，商量的口气，都记录了朱自清的风格。有时候，他用双圈密点，表示他的赞同与鼓励，使我看见那清澈宁静的目光，正望着我微笑。朱先生是极其讲究语言文字的。他是江南人，讲课时却一个字一个字地咬着讲北京的普通话，把那个"儿"字也叫你听得清清楚楚。

在我记忆中，朱先生从来不曾大笑过。顶多是莞尔而笑，笑不露齿。讲课时，一句是一句，不紧不慢，就像他在写《背景》似的。他的思想像那明澈的琴溪。（哦，那时候清华园里这条小小的溪水是多么洁净、美丽呵，可惜现在变成了臭水沟了!）即使是在动感情时，朱先生也不曾让人觉得他愤怒；至于暴躁，那更与他无缘，他连激动都不使你感觉到。我曾想过，他那名字就跟人一样，真是表里一致，名实相符。可是，他这种《荷塘月色》般的风格，和我们当时年青人对人的幼稚的要求有矛盾。我们刚才从昆明“一二·一”烈士滴血的路上走到北方，闻一多先生刚为民主新中国的诞生而死在国民党特务枪下，我却觉得朱先生太“冷静”了，希望他能像闻先生那样站出来，呐喊，带领着年青人奔跑，像闻先生那样冲锋陷阵。有一次，我到朱先生家里，他正蹲在地上，拾劈柴生炉子。看我来了，说：“劈柴不够，火烧不着!”莞尔一笑。那时，教授们都穷得清汤寡水，同学们吃着极不是滋味的粘乎乎的“丝糕”，高粱米就是好饭。很多同学得了肺结核，我也是其中之一，（那时候可没有什么雷米封特效药，有也吃不起!）朱先生家里的用度自然也是拮据的。闻一多先生生前靠刻图章，兼中学的课，熬红眼睛供全家七八口人吃大锅面条。朱先生在那时候，靠中文系主任的薪金和有限的稿费，仍旧让日夜飞涨的物价压得透不过气来。但当时我并没想到他那病弱的身子会被催毁。我对朱先生发牢骚，把积压在心里的愤慨都倒出来。我说闻先生怎样怎样，如何和同学们在一起等等。他听着我发牢骚，炉子又生不起来，干脆就坐在我对面听，两眼静静地盯着我（他常常是那样专注地听人讲话的）。等我说够了，没得可说了，他才慢慢地说：“闻先生是对的!”但他再也不说什么。炉子不冒烟，屋里冻得人脚趾发疼，国民党特务连日摸进园里搜人，有什么好说的呢?!师母进屋来打招呼，大概是吃晚饭，我便走了。

之后，内战的炮声越打越响，“反饥饿反内战的学生运动”，一浪高一浪，一些同学已悄悄地离开清华园。朱先生给大家讲赵树理的《李有才板话》，讲冯雪峰的《乡风与市风》和何其芳的作品。他称赞赵树理。那时候，赞赏赵树理的作品就等于赞扬共产党的解放区，这些作家都是共产党！有一次，在讲课中间，朱先生谈到知识分子，谈到中国士大夫阶级的弱点，忽然近乎自语地说了一句：“我这自由主义的皮是很难剥下来的!”他这时候写的杂文和文学评论，却证明他正一步一个脚印地走上了人民革命的道路。30年代曾同意康白情和周作人的“诗是贵族的”见解，现在却肯定了朗诵诗的群众性与行动性，提出了“雅俗共赏”，赞同“人民的立场”。他在《论气节》中肯定了青年知识分子的新气节；在《论吃饭》里则为人民大众吃饭的基本权利而呐喊了。《文学的标准和尺度》更把“民主”作为衡量文学的尺度，公开肯定“知识阶级渐渐走近了民众，‘人道主义’那个尺度变质成为‘社会主义’的尺度”，说“这是向着新社会发脚的路……文学终于要配合上那新的‘民主’的尺度向前迈进的。”

朱先生终于找到了一条新的道路，就头也不回，拿起手杖向前走，就像他在长诗《毁灭》里写的那样：

从此我不再仰脸看青天，

不再低头看白水，

只谨慎着我双双的脚步，

我要一步一步踏在泥土上，打上深深的脚印！

朱先生就这样笔直地、不顾一切地走在新的路上，跟随着鲁迅以及他的好友和同事闻一多的背影。

当时，国民党从重庆、昆明大后方来的“接收大员”们脑满肠肥，天天纸醉金迷，花天酒地，视知识分子如草芥。他们也知道，绝大多数知识分子视国民党官僚如寇仇。于是除了派特务到处抓人之外，也偶尔送来一点“救济总署”的奶粉之类。同学们拿它和剥了皮的柿子搅烂了吃，讽之曰“洋冰淇淋”，说是增加营养。但三两个月也吃不到一次，食堂里的伙食却越来越糟，到1947年底，我的肺结核病变得严重了，只好回南方老家休养。那时可没有什么公费医疗，所谓休养，也兼着中学教员的课。

离开清华园时，我没有向朱先生道别，因为心情沉重，也无话可说。没想到，当红旗飘扬，我重返故园的时候，朱先生却已因病饿而死了！他死时才51岁。

朱先生在贫困与严重的胃病中，抗议美帝扶日，在拒领美援面粉的宣言上签名。重病入院后，还叮嘱家人不能买国民党配售的美国面粉。当我在革命历史博物馆的玻璃柜中，看到了朱先生逝世前不久写的英文日记。他那不吃“嗟来之食”的气节，为人民、为民主、为真理不畏牺牲的品德，在我胸中激荡起悲痛与尊敬的浪潮，不禁热泪夺眶而出。

闻一多先生曾亲口对我说：“鲁迅是对的，我错了！”闻一多是和鲁迅一样，敢于为人民与新中国的未来而坚持真理、解剖自己的勇者。朱自清不是闻一多。朱自清以他自己的斗争方式，与丑恶的旧世界作战，五星红旗上有朱先生的一腔碧血。所以毛泽东同志要我们写闻一多颂、朱自清颂，说他们表现了我们民族的英雄气概。

我现在眼前是碧蓝的海，碧蓝的天。但在我心里，却浮起一层紫色的雾。早晨的阳光，照着紫丁香花丛，朱先生还是那身衣服，那顶帽子。他宁静的目光亲切地望着我，没有一点犹豫，我听见他那江南口音的普通话：“你们不用为我悲哀，我绝不后悔。”

我的师友们

于是之

想起我辍学前后的师友们，我恨我不会写“赞”，不会写“铭”，不会用极简约的文字写出我对他们的谢忱。在那样难熬的岁月里，他们的影响曾决定了我的前途和命运。我真希望为他们立传，但是不能，一个十三四岁、十五六岁的孩子，怎么能够了解老师们的那么多事情。我现在所能想起来的，只是他们的片片断断的音容。然而这些却是我毕生不能忘记的。

我要感谢我初中二年级以后的所有的语文（那时叫“国文”）老师。他们既广征博引，又深入浅出，能够使孩子爱上祖国的语言和文字。他们能凭借一篇几百个字的小文，叫你喜欢上“晚明小品”；他们能在上千年的中国文学史里，信手拈来，讲出许多吸引人的故事，迫使你不能不去借各种文学史的书去读：赵景深的、胡云翼的……记得他们也曾介绍过郑振铎的文学史；我也曾借阅，部头太大了，当时终于没能读完。虽然如此，总也多知道了一位郑振铎啊。

那些老师们中，对我更有吸引力的是孙谓宜、徐世荣两位先生。他们在讲课时，常常讲起祖国的文字、声韵方面的知识："车"是象形字，是一个俯瞰的车子的图形，中间的是车厢，那一竖是车轴，上下的两横，原来就是两边的车轮。多有意思！声韵部分亦有趣，从古韵一直讲到注音符号（今日汉语拼音符号的前身），说是据钱大昕的考据，原来古人连zh、ch也读不出，是要读作d、t的——老师们居然能够知道古人怎样造字和他们说话的声音，孩子们自然钦佩极了。

孩子，都好像是本能的表演家。对于他们所钦佩的师友，总要由衷地模仿。模仿他们写字，模仿他们的讲话，以至模仿他们的衣着。

孙谓宜先生的衣着最朴素。他的裤子，在夏天，从长衫里可以看出，长度仅及他的小腿肚。我于是便学他，请母亲照样裁制。谁知那是用两条面口袋剪剪缝缝就可以做成的。由于用钱少又容易做，母亲自然支持我，很快地做成了。穿上它，我很得意，觉得是天下最好看的服装——全国解放以后，我碰上了那中学的别的老师，问到了孙先生的景况，他只说："孙先生……孩子多，仍旧……不大宽裕。"到这时我才知道了孙先生朴素的原因，也就更增加了对孙先生的敬意。我想他那时大约是更窘迫。他是不顾生活的清苦，那么尽心竭力地给他们授课的。

有一位教英文的老师，我也始终不忘。他非常重视发音。这一点，在第一堂课上，就给学生们留下强烈的印象。

初中二年级第一学期，第一课英语的第一句话是“现在，我已是初二年级的学生了”。因此，头一个词是Now。大家反复朗读这句话，他不但听，还要逐个地看学生们的嘴；在一位同学的面前，他止步了。他令大家停下来，只叫那一个读。不知是什么缘故，虽经他反复示范，那个同学总是舍不得把嘴张得大些，总读成No。他着急了，顺手拿起那位同学课桌上的墨盒，当那位可怜的同学刚刚张嘴又要读出No来时，他竟能一下把小半个墨盒塞进那学生的嘴。这时候，所有的同学都不敢笑，只能瞪起眼看着事态的发展。果然很灵验，当先生把墨盒从那个学生口里取出时，那位可怜的同学居然正确地Now出来了。先生胜利了，又带着学生读起以下的课文来。学生们全都读得用心，不敢有半点含糊，谁知道自己的墨盒在什么时候会塞进自己的嘴里来呢！

学英语发音必须先学会国际音标，这在现在已经是当然的事了。当时却不然，还有其他的更加通用的标音办法在。但我们的这位老师当时就热中提倡国际音标，引起了我们几个同学的兴趣。恰好有一个同学家里存有一套英语教学唱片，据说就是国际音标的创始人录制的。他拿出来约我们听，我们都听得入神。一个浑厚的男低音，把一些连我们也懂得的简单的字和句，竟读出了另外的韵味。这使我们惊奇了，不能不引起我们研究的兴趣，尽管我们当时的语音知识少得可怜。

我常想：孩子们的或者少年们的兴趣，大约都是飘忽不定的。他们对什么都好奇，见什么都想学，难免今天这样，明天那样。我觉得这并没有什么不好。大人们的横加干涉，效果往往适得其反。我的本家们只对我的上学或不准上学加以干涉，至于我喜欢学什么或不喜欢学什么，他们是无暇顾及的。我觉得这倒成了我的便宜。初中时期，中文老师与英文老师教给我的知识的综合，竟使我喜欢上了一门同我的家境毫不相干的，既不能当吃又不能当穿的学问：音韵学。而且这种爱好竟持续了好几年，从辍学以后，一直到我的兴趣转移到演戏上去的时候。

值得感念的岁月

◎ 梁漱溟

我入北大，时北大建校将近20年，我年仅25岁。今值北大校庆90周年，谨追述70年前在北大时一些往事，以表达我这年逾九旬老校友的一片感念之情。

我入北大任教，始于1917年底。是年初蔡元培先生应教育总长范源廉之邀，出任北京大学校长，方自欧洲归来。我请范公代为先容，往谒蔡先生于其南菜园上街寓所。辛亥革命胜利民国建立，1912年蔡先生参加首届内阁为第一任教育总长，而我此时于同盟会《民国报》工作，以一青年记者身份，出入于国会、总统府、国务院及各政党总部，因此于采访中多次接近蔡先生，但未得深谈。而此次不同，是以自己所著《究元决疑论》特向蔡先生求教的。此文评论古今中外诸子百家，而独推崇印度佛家思想。当我说明来意后，先生回答说：“我过上海时已在《东方杂志》上看过了，很好。”不曾想到先生早已过目，并对这篇如今看来是东拉西扯的文章给予肯定。但更使人出乎意料的是先生随即表示希望我到北大任教。先生说：“我是喜爱哲学的。我此次来北大重点要办好文科，文科中又以哲学系为重点，你就来哲学系讲印度哲学好了。”我忙回答说：“先生之喜爱哲学我知道，早在中学时即读过先生翻译的《哲学要领》一书，至于我，实在不懂印度哲学。印度宗派是如此之多，而我只不过为解决自己在人生问题上的烦闷，钻研了一些佛典，领会一点佛家思想而已。”先生说：“你说你不懂，但又有谁懂呢？我寻不着人，就是你来吧！”我总不敢承当。先生于是说道：“我看你也是喜欢哲学的。我们把一些喜爱哲学的朋友聚拢在一起，共同研究，互相切磋，你怎么可以不来呢！来北大，你不要以为是来教别人的，你把到北大当作来共同学习好了。蔡先生这几句话打动了我。抱这种态度再好不过，而我又怎会不愿来学习呢。来北大的事就如此确定下来。

叙说至此，不由联想到近年有关我人北大的一些失实的传闻。1942年在纪念蔡先生逝世两周年一文里我即有所申述，不料四十多年后又再度传播开来，且更加离奇、广泛；大小报刊且不说，虽《北京大学学报》亦不能免。事实是我因中学毕业后投身同盟会活动，无法顾及升学事，及至在北大任教，昔日中学同窗如汤用彤（在文科）、张申府（在理科）、雷国能（在法科）诸兄尚求学于北大，况且蔡先生以讲师聘我，又何曾有投考不被当取，反被聘为教授之事。

1917年我虽应聘，却因尚在司法部任秘书，一时不得脱身，1918年下半年才到北大。入校后先开“印度哲学”一课；此课自非哲学系重点，但听课者似仍不少。后来讲授“儒家哲学”，听课者更多，注册部原安排一院红楼教室容纳不下，于是不得不迁往二院马神庙阶梯教室。此课听讲者约二百人，期末考卷有九十多份，此数即为注册之学生；如冯友兰、朱自清、顾颉刚、孙本文诸位均是如此得与我相聚于课堂的。至于其余半数即为自由听讲者；有的来自其他高校，有的来自社会。盖当时北大对外开放，任人来听课。以我所知，如军界前辈广东伍庸伯先生（与李济深同学）、江苏江问渔先生（后随黄炎培先生工作，是时任工商部主事），皆年近四旬，而天天来听课。湖北张难老先生（湖北三怪之一，辛亥革命中颇有影响的人物），来听课时更是年近五旬了。年轻后辈如我者，听课人尚且不少，名教授、新文化运动代表人物如陈独秀、胡适之、李大钊等先生，听课者之踊跃，更可想而知了。于此可见蔡先生兼容并包主张的实施和当时新思潮的影响，共同形成之追求真理的浓厚空气，不仅感染北大师生和其他高校，且影响及于社会。生活在此种气氛中怎能不向上奋进呢！

在讲授“印度哲学”（其中包括佛学）之后，我又开有“唯识学”。但在因爱好哲学而爱好佛学的蔡先生，犹以为未足，先后又请来张尔田先生讲“俱舍论”（代表小乘）、张克诚先生讲“观所缘缘论”（代表相宗）、邓高镜先生讲“百论”（代表性宗），虽时间不长，也未列为哲学系正式课程，却仍可见蔡先生锐意繁荣学术和好学之精神，佛学不属旧学之列，却亦不合于新思潮，因此难免遭非议。此时，于学生纷纷建立之种种社团中，更有“反宗教大同盟”之成立。顾名思义其宗旨自是反宗教。该“同盟”曾组织讲演会，邀请对宗教问题持不同观点者发表意见。我研究佛学、讲佛学，自是被邀对象。我应邀作了题为“宗教问题”的讲演，地点在三院南河沿室内操场，可容千人左右。记得当时以我到得早些，便由我先讲。从早8点多开始，讲了一上午，意犹未尽，下午又继续讲，待结束时竟日落西山。原先排在同一日的另一讲演人李石曾先生（国民党四大元老之一，当时倡导无政府主义），在台下自早听到晚，最后竟无时间供他发言。听讲者众多，且有耐心，可见对讲演内容感到有兴味。但须知对主讲人观点持反对态度者亦大有人在。如我讲“儒家哲学”时，有学生对旁人说：“我倒要听听他荒谬到什么程度！”采取此种态度，实未可厚非。学问学问，学而不问怎能求得真学问。彼此质疑，互相问难，是有利于学术发展的。当时北大此种风尚是极可珍贵亦应加以发扬的。

当时兴起的新文化运动宣传西方文化，提倡科学与民主，而贬抑东方文化，于是“东西文化”常成为谈论的问题。我于教学之外对此时时思考，探究不辍。友人张申府、屠孝实等尝加劝阻，或说问题范围太大，难于着手，或说问题尚远，可俟者来日。我均不以为然。那时以陈独秀、胡适之等为代表的新派，多主张全盘西化。陈独秀头脑明晰，笔锋锐利，批判旧派观点，如摧枯拉朽。《新青年》杂志诘问旧派：孔子真精神是什么？价值何在？旧派张口结舌。可是许多旧派先生竟不感苦恼，仍埋头于旧学之中，仿佛彼此并不相碍。学生一如教师，也分新旧。新派刊物名《新潮》，宣传科学精神与民主思想，内容充实而有生气。倾向于旧派的学生办有刊物名《国故》，却只是示人以一堆陈旧古董，根本无力与新派对垒。虽然我对新思潮莫逆于心，而且我既非新派，又不属旧派，面对新旧之争，似尽可仍埋首于佛学研究，可是我却感到压迫之严重，以为此问题不可忽略而且急切。盖自鸦片战争以来，随帝国主义势力之入侵，西方文化传人，中国传统文化价值受到怀疑，似中国之有今日全由于我们的文化。这明明是逼着中国人讨一个解决。试想：如果中国传统文化果真不能与西方文化并存，而要根本绝弃，我们应赶快自觉改革，不要与它同归于尽。如果中国传统文化受西方文化压迫，并不足虑，而中国文化终有翻身之日，那也应积极去做，不要再做梦发呆。又如果确如一些人所说，东西文化可以融通调和，那也应弄清调和之必要及调和之道，绝不应消极等待。谁说问题不严重而且急切！

我原是个很笨很呆的人，从我十几岁会用思想之日起，就爱寻个准道理，最怕听无可无不可的话。凡是我心中成为问题的，便不肯忽略过去，而对此问题如果我说不出它的道理，就表明我没有道理。中国文化问题关系国家命运，民族存亡，怎可轻轻放过，漠不关心？同时北大以及整个社会当时爱国主义精神高涨，人们关心国事，文化问题成为学术界讨论最多的问题之一，而我又怎能置身事外！就在这种主观要求和客观环境推动下，1919年我首次将个人对此问题研究结果，在课外以《东西文化及其哲学》为题作连续多次讲演，介绍给北大同事、同学。1920年又于济南向社会公开报告。第一次由陈政同学（德文系）记录。第二次由罗常培同学（中文系、解放后曾任语言研究所所长，1954年病故）记录。后将两次记录稿加以整理，以讲题为书名由商务印书馆出版，成为我生平第二本专著。该书出版后受到学术界注意，引来评论不少。可以说这是我向北大、向蔡先生交上的一张考卷，记录了我在校期间学习与研究成绩的高下优劣。

在《东西文化及其哲学》一书中，我将西方、中国、印度三种文化加以比较，各给予人类文化发展史上以适当位置，并指出世界最近未来将是中国文化之复兴。于是我也由佛家思想转为儒家思想，决心去作孔家生活。1924年为实行自己的办学思想，我向蔡先生辞去教职，从此离开了北大，而北大影响仍留在我心上。我这个根本未曾入过大学之门的人，得以走上大学讲台，就我个人说，只不过因为我钻研了一个冷门——佛学，而从根本上说，则是由于蔡先生实行兼容并包的主张，是由于蔡先生对后学的关心与爱护。而在进入北大之后，我从蔡先生和诸同事、同学所获益处，直接间接，有形无形，说之不尽，于是得以经过自学钻研，在学识上有了自己的独立见解，并开始走向成熟。

我尝说过，陈独秀、胡适之、李大钊等，是因蔡先生包容于北大而得到抒发的人，而我则不是；我是为蔡先生引入北大而得到培养的一个人。而今我已九十有五，追忆往事，真可谓培育之恩没齿难忘！

梁培宽记录整理

书塾与学堂

郁达夫

从前我们学英文的时候，中国自己还没有教科书，用的是一册英国人编了预备给印度人读的同纳氏文法是一路的读本。这读本里，有一篇说中国人读书的故事。插画中画着一位年老背曲拿烟管带眼镜拖辫子的老先生坐在那里听学生背书，立在这先生前面背书的，也是一位拖着长辫的小后生。不晓为什么原因，这一课的故事，对我印象特别的深，到现在我还约略谙诵得出来。里面曾说到中国人读书的奇习，说：“他们无论读书背书时，总要把身体东摇西扫，摇动得像一个自鸣钟的摆。”这一种读书背书时摇摆身体的作用与快乐，大约是没有在从前的中国书塾里读过书的人所永不能了解的。

我的初上书塾去念书的年龄，却说不清楚了，大约总在七八岁的样子；只记得有一年冬天的深夜，在烧年纸的时候，我已经有点朦胧想睡了，尽在擦眼睛，打呵欠，忽而门外来了一位提着灯笼的老先生，说是来替我开笔的。我跟着他上了香，对孔子的神位行了三跪九叩之礼；立起来就在香案前面的一张桌上写了一张上大人的红字，念了四句“人之初，性本善”的《三字经》。第二年的春天，我就夹着绿布书包，拖着红丝小辫，摇摆着身体，成了那册英文读本里的小学生的样子了。

经过了30余年岁月，把当时的苦痛，一层层地摩擦干净，现在回想起来，这书塾里的生活，实在是快活得很。因为要早晨坐起一直坐到晚的缘故，可以助消化、健身体的运动，自然只有身体的死劲摇摆与放大喉咙的高叫了。大小便，是学生们监禁中暂时的解放，故而厕所就变作了乐园。我们同学中间的一位最淘气的，是学官陈老师的儿子，名叫陈方；书塾就系附设在学宫里面的。陈方每天早晨，总要大小便十二三次，后来弄得先生没法，就设下了一枝令签，凡须出塾上厕所的人，一定要持签而出，于是两人同去，在厕所里掏鬼的弊端革去了，但这令签的争夺，又成了一般学生们的惟一的娱乐。

陈方比我大四岁，是书塾里的头脑；像春香闹学似的把戏，总是由他发起，由许多虾兵蟹将来演出的，因而先生的挞伐，也以落在他一个人的头上者居多。不过同学中间的有几位狡猾的人，委过于他，使他冤枉被打的事情也着实不少；他明知道辩不清的，每次替人受过之后，总只张大了两眼，滴落几滴大泪点，摸摸头上的痛处就了事。我后来进了当时由书院改建的新式的学堂，而陈方也因他父亲的去职而他迁，一直到现在，还不曾和他有第二次见面的机会；这机会大约是永也不会再来了，因为国共分家的当日，在香港仿佛曾听见人说起过他，说他的那一种惨死的样子，简直和杜格纳夫所描写的卢亭，完全是一样。

由书塾而到学堂！这一个转变，在当时的我的心里，比从天上飞到地上，还要来得大而且奇。其中的最奇之处，是我一个人，在全校的学生当中，身体年龄，都属最小的一点。

当时的学堂，是一般人的崇拜和惊异的目标。将书院的旧考棚撤去了几排，一间像鸟笼似的中国式洋房造成功的时候，甚至离城有五六十里路远的乡下人，都成群结队，带了饭包雨伞，走进城来挤看新鲜。在校舍改造成功的半年之中，“洋学堂”的三个字，成了茶店酒馆，乡村城市里的谈话的中心；而穿着奇形怪状的黑斜纹布制服的学堂生，似乎都是万能的张天师，人家也在侧目而视，自家也在暗鸣得意。

一县里惟一的这县立高等小学堂的堂长，更是了不得的一位大人物，进进出出，用的是蓝呢小轿；知县请客，总少不了他。每月第四个礼拜六下午作文课的时候，县官若来监课，学生们特别有两个肉馒头好吃；有些住在离城十余里的乡下的学生，于作文课完后回家的包裹里，往往将这两个肉馒头包得好好，带回乡下去送给邻里尊长，并非想学颍考叔的纯孝，却因为这肉馒头是学堂里的东西，而又出于知县官之所赐，吃了是可以驱邪启智的。

实际上我的那一班学堂里的同学，确有几位是进过学的秀才，年龄都在30左右；他们穿起制服来，因为背形微驼，样子有点不大雅观，但穿了袍子马褂，摇摇摆摆走回乡下去的态度，却另有着一种堂皇严肃的威仪。

初进县立高等小学堂的那一年年底，因为我的平均成绩，超出了八十分以上，突然受了堂长知县的提拔，令我和四位其他的同学跳过了一班，升入了高两年的级里；这一件极平常的事情，在县城里居然也耸动了视听，而在我们的家庭里，却引起了一场很不小的风波。

是第二年春天开学的时候，我们的那位寡母，辛辛苦苦，调集了几块大洋的学费书籍费缴进学堂去后，我向她又提出一个无理的要求，硬要她去为我买一双皮鞋来穿。在当时的我的无邪的眼里，觉得在制服下穿上一双皮鞋，挺胸伸脚，得得得得地在石板路上走去，就是世界上最光荣的事情；跳过了一班，升进了一级的我，非要如此打扮，才能够压服许多比我大一半年龄的同学的心。为凑集学费之类，已经罗掘得精光的我那位母亲，自然是再也没有两块大洋的余钱替我买皮鞋了，不得已就只好老了面皮，带着了我，上大街上的洋广货店里去赊去；当时的皮鞋，是由上海运来，在洋广货店里寄售的。

一家，两家，三家，我跟了母亲，从下街走起，一直走到了上街尽处的那一家隆兴字号。店里的人，看我们进去，先都非常客气，摸摸我的头，一双一双的皮鞋拿出来替我试脚；但一听到了要赊欠的时候，却同样地都白了眼，作一脸苦笑，说要去问账房先生的。而各个账房先生，又都一样地板起了脸，放大了喉咙，说是赊欠不来。到了最后那一家隆兴里，惨遭拒绝赊欠的一瞬间，母亲非但涨红了脸，我看见她的眼睛，也有点红起来了。不得已只好默默地旋转了身，走出了店；我也并无言语，跟在她的后面走回家来。到了家里，她先掀着鼻涕，上楼去了半天后；后来终于带了一大包衣服，走下楼来了，我晓得她是将从后门走出，上当铺去以衣服抵押现钱的；这时候，我心酸极了，哭着喊着，赶上了后门边把她拖住，就绝命的叫说：

“娘，娘！您别去罢！我不要了，我不要皮鞋穿了！那些店家！那些可恶的店家！”

我拖住了她跪向了地下，她也呜呜地放声哭了起来。两人的对泣，惊动了四邻，大家都以为是我得罪了母亲，走拢来相劝。我愈听愈觉得悲凉，母亲也愈哭愈是厉害，结果还是我重赔了不是，由间壁的大伯伯带走，走上了他们的家里。

自从这一次的风波之后，我非但皮鞋不着，就是衣服用具，都不想用新的了。拼命的读书，拼命的和同学中的贫苦相往来，对有钱的人，经商的人仇视等，也是从这时候而起的。当时虽还只有十一二岁的我，经了这一番波折，居然有起老成人的样子来了，直到现在，觉得这一种怪癖的性格，还是改不转来。

到了我十三岁的那一年冬天，是光绪三十四年，皇帝死了；小小的富阳县里，也来了哀诏，发生了许多议论。熊成基的安徽起义，无知幼弱的傅仪的人嗣，帝室的荒淫，种族的歧异等等，都从几位看报的教员的口里，传入了我们的耳朵。而对于我印象最深的，是一位国文教员拿给我们看的报纸上的一张青年军官的半身肖像。他说，这一位革命义士，在哈尔滨被捕，在吉林被满清的大员及汉族的大卖国奴等生生地杀掉了；我们要复仇，我们要努力用功。所谓种族，所谓革命，所谓国家等等的概念，到这时候，才隐约地在我脑海里生了一点儿根。

我们的学校（节录）

鲁 彦

我是6岁上学的，进的自然是私塾。开笔的先生是位有名的举人的得意门生，仿佛是个秀才。他颇严厉，但对我不知怎的却比较的宽，很少骂我，也很少打我，只是睁着眼睛从眼镜边外瞪着我，我因此反比别的同学更怕他，9岁以前常常哭着赖学，逼得母亲把我一直拖过石桥。在那里挨到13岁，见到别的孩子在学校里欢天喜地，自己也就有了转学的念头，时常对母亲提出要求来。第二年春天，终于让我插进了一个颇出名的初级小学了。不用说，第一次所进的学校给我的印象是相当的好的，它比起私塾来，好得太多了。然而它也使我相当的害怕。教师是拿着藤条上课的，随时有落在身上的可能。犯了过错，起码是半点钟的面壁。上体操课时，站得不合规矩，便会从后面直踢过来。幸亏我在这里的时候并不长久，过了半年，我拿着初级小学的文凭走了。

下半年，我就进了这个永不能使我忘记的高等小学。

校长徐先生是一位40岁以内的中年人。他很谨慎朴素，老是穿着一件青布长衫和黑色马褂，不爱多说话，不大有笑脸，可也没有严厉的脸色，他的房间里永久统治着静默和清洁，他走到哪里，静默就跟到哪里，而这静默却不是可怕的恫吓，冷漠或严肃，它是亲切和尊敬。他不常处分学生，有了什么纠纷，便把大家叫到他的房里，准许分辩，然后他给了几句短短的判断和开导的话，大家就静静的退出了。他比我们睡得迟，也比我们起得早，深夜和清晨，我们常常看见他的房子里透出灯光来，或者听到他的磨墨的声音。在七八个教师中间，他的字写得最好。他教我们这一班的国文，作文卷子改得非常仔细，有了总批还有顶批，他做我们的校长是大家觉得荣幸的事情，而他教我们的国文，更是我们这一班觉得特别幸运的。

“谁教你们的国文呀？我们是徐先生教的！”我们这一班常常骄傲地对别一班的同学说。

但我们不仅喜欢他，我们对于其余的教员也都相当的喜欢。他从那里聘来这许多使人满意的教员，真使我们惊异。一个教理化的教员，现在已经忘记了他姓什么，只有二十多岁，也不爱说话，一天到晚只看见他拿着仪器在试验。教动植物的唐先生年纪大了一点，说起话来又庄严又诙谐，他所采的动植物标本挂满了教室也挂满了他的卧室。手工兼音乐的金教员，不但做得一手极好的纸的，泥的，竹的小东西，还能做大的藤椅，——听说后来竟开起藤器店来了——能比他的妻子绣出更美的花来，他唱得很好的西洋歌和京戏。能弹风琴，吹箫笛，拉胡琴，是一个有名的天才。最后是我们特别喜欢的体育教员陈先生了。他有活泼健捷的姿态，而又有坚强结实的身体。他教我们哑铃棒球各种柔软体操，又教我们背着沉重的木枪跪着放，卧着放。同时在课外，他又教我们少数人撑高、跳远，和翻杠子。后者是他最拿手的技术，能用各种姿势在很高的铁杠上翻几十个圈子突然倒跌下来，单用脚面钩住杠子，然后又一晃一摇，跳落在一丈多远的地上。

这几个教师，不但功课教得好，而且都和徐先生一样，从来不轻易严厉的处分我们。我们每个人都对他们亲切而又尊敬，如同对徐先生一样。我们这一个学校是公立的完全小学，经费最多，规模最大，学生最众，在附近百里内的乡间向来是首屈一指的。现在有了这许多好的教师，我们愈加觉得骄傲了。因此我们有一次竟想给我们的学校争一个大面子，压倒那惟一出名的县立高等小学了。

我们的足球练得最好：有横冲直撞如入无人之境的不怕死的前锋，有头顶脚滚球不离身善作派司的左右卫，有一个当关万夫莫敌的中卫，有拳打脚踢能跳能滚的守门。邻近乡间的小学是从来不敢和我们比赛的，我们于是要求和城里的县立小学比赛了。

徐先生允许我们去，但是他要我们这边的同学向那边的同学写信接洽。我们照着办了，然而许久得不到回信。我们相信那边没有勇气和实力，愈加非和他们比赛一次压倒他们不可了。说是要到城里去，大家早已做了一套新衣服，买了一顶簇新的草帽，球也练厌了，不去是不愿意的。于是几个选定的球员便秘密地商量起来，主张硬逼那边和我们比赛。

“人去了，就不怕他们不理，不比赛也就是他们输了！”

大家都是这样的想法。但这话在徐先生面前是行不通的，于是就有人想出一个办法来，写了一个明信片，由那边的一个学生具名，答复我们说准定某一个礼拜日和我们比赛。这一张明信片就托人带到城里去投邮。

过了两天，这一张假冒的明信片回来了，我们故意等到星期六的下午拿去给徐先生看，使他不及细细研究。徐先生果然立刻答应我们了。他不派人同我们去，因为这是学生们和学生们的游戏，不是用学校的名义出发的。我们中间的几个球员已经有十七八岁，而且常去城里，他也就放心得下，只叮嘱了一番小心。

这时正是快要放暑假的时候，天气特别热，我们都只穿着一件单衫。一出校门便一口气飞跑了五六里。但到得岭下，我们走得特别慢了。原因是我们原定的连预备员在内一起十五个人，其中一个守门的健将这两天凑巧请假在家，我们得顺道派人去邀他。这个去的人是我们球队中的领导人，只有他知道那个同学的住处。他叫我们慢些走，他答应岔过一条小岭，一点钟后在岭的那边可以和我们相会的。

然而自他走后，天色渐渐变了，黑云慢慢腾了起来，雷声也渐渐地响了。过了岭，一路等，一路慢慢的走，却不见他们的来到。黑云已经掩住了太阳，雷声、电光挟着风来了。我们知道雷雨将到，便只好一口气赶到前面三里外的凉亭避一下雨。

我们相信他们是会赶来的，无论雨下得怎么大。然而第一阵雷雨过后许久，却仍不见他们的影子，而同时天色已经快黑了，似乎接着还有第二阵的雷雨，于是我们恐慌起来，便决计一直跑到城里再说。他们两个是年纪最大，路径最熟的，况且这时不到，多半是不来了。

我们不息的飞跑了七八里，过江进城的时候天已全黑了。在渡船上还淋着了一阵大雨，衣服全是湿漉漉的，一身的冷。

县立高等小学是什么样子，在我们心慌意乱的黑夜中不曾看得清楚，只知道巍岸森严的站着一排无穷长的洋房。管门的是一个皮肤很黑的印度人。他奇异地而又讥笑地咕噜着什么，把我们带进了会客室。我们告诉他要找几个学生，他却把校长请来了。

校长是一个矮小的老头子，满脸通红，酒气扑人，缓慢地步进了会客室。

“怎么？你们这批人是哪里的学生？这个时候有什么事情

呀？”他睁着眼睛从近视眼镜边外轻蔑地望着我们，又转着头看我们的衣衫。

我们合礼地一齐站了起来行了一个鞠躬。一个年长的同学便嗫嚅地说明了来意。

“胡说！”他生了气，拍着桌子。“要和你们比赛，没有得到我的允许，谁敢写信约你们！我一点不知道！今天礼拜六，学生全回家了，没有一个人！回去吧！谁叫你们来？我不负责任！”

我们给吓呆了，面面相觑，半晌说不出话来，又冷又饿又疲乏。

一个能干的同学说话了，他表示赛球的事情明天再说，今晚先让我们住一夜。

“要我招待吗？拿校长的信来看！本校从不招待私人的！”

我们中间有人哭了，也有人愤怒了。有几个人躺在椅上，跷起脚来，眨着眼，懒洋洋的说：

“不招待，就睡在这里！这学校是县立的，又不在你家里！”

“什么话！滚出去！你们这些东西！叫警察来！”他击着桌子，气得浑身摇摆起来了。

“嗤！——”我们一致嘘着。

这时有两个教员进来了，他们似乎在窗外已听了一会，知道了底细，来做好事的。

"小孩子，不懂事，校长，不要动气，交给我们办吧，你去休息休息……"他们拖住了校长。

"喔——喔——我从来没碰到过这些小鬼……喔——喔——"他忽然倒在教员身上呕吐起来了。满房都是酒气。随后给一个教员拖了出去。

"他吃醉了酒了，你们看，不要生气！"另一个教员微笑地说，"这里学生真的回去了。一定要比球只好和中学部比了。明天再说罢。我先给你们安排睡的地方。"

于是我们便跟着他到了寝室，说声多谢，关上门，全身脱得精光，把湿衣挂在窗口，几个人一床钻进了被窝。我们的肚子本来很饿，现在既无饭吃也给气饱了。

"混帐的校长！"

"该死的畜牲！……"

"狗东西！……"

我们一致骂着，半夜睡不熟觉，微微合了一会眼睛，东方才发白，便一齐起来，决定立刻就走。穿好衣服，拿起笔在墙上涂了许多"打倒狗校长"等等的口号，开开门，一溜烟的走了。

过了江，天又下雨了，我们吃了一点饼子，恨不得立刻离开那可恶的学校所在的县城，冒雨飞跑着。雨越下越大，经过好几个凉亭，我们都不愿耽搁。一直到山脚下，我们的那两位同学却迎面来了。他们和我们一样，也没有带伞，淋个一身湿漉漉的。原来他们昨晚被家长缠住了，说是天晚了，要下雨，不肯放行。今早还是逃出来的。我们像见到亲哥哥一样，得到了许多安慰，在大雨中缓慢地走着，讲着昨晚的事情，一面骂着。

二十几里路很快就给走完，到学校还只八点钟，怒气未消，便索性在泥泞的操场里踢了一阵球，把怒恨迸发完了，然后到河里洗了一个澡。

几天以后，这事情不知怎样的给我们自己的校长知道了，他忽然把我们十几个球员叫了去。

“你们比球的事情，我全知道了。”他静静的说，一点没有生气，仿佛我们没有做错事情一样，“这样做法是不好的，无论是个人的品行，学校的名誉……以后再是这样，我只好不干了……”他静默了一会，用亲切的眼光望着我们，随后继继着说：“现在出去吧，细细的去反省……”

我们给呆住了，大家红着脸，低着头说不出话来。虽然他已经命令我们走开，我们却依然站着，不敢动弹，仿佛钉住了脚似的。我们犯了多大的过错，现在全明白了，羞耻而且懊悔。我们愿意给他一顿痛骂，或者听他记过扣分的处分，然而他再也不说什么了，只重复着说：

“现在出去吧，去静静的反省……”

我们这才感动着含着眼泪，静静的从他的房子里退了出来。

“以后再是这样，我只好不干了……”

他这句话比石头还重的压在我们的心坎上，我们第一次感到了失望和恐怖。

不料过了半年，他果然不干了。听说是校董方面辞退他的，继任的人物是初小部一个老头子，董事长的族里人。这个人最没学问，也最顽固，为我们平日所最看不起，也为我们所最讨厌的。他一天到晚含着一竿很长的旱烟管，睁着恶狠狠的眼睛，从眼镜边外望人家，走起路来一颠一拐，据说是有什么病。他教初小四年级的国文，既讲得不清楚，又常常改出错字来，不许人家问他，问了他，火气直冲，要记过，要扣分，遇到他值周，大家就恨死他。一举一动，都要受他干涉，半夜里常常在我们的寝室外偷听。我们叫他做小鬼。

现在他要做校长了，我们这一个学校的前途是可想而知的。几个好教员听到这消息，也表示下学期不来了。我们是一致反对未来的变动的，但我们年纪太轻了，不晓得怎样对付，请愿罢课的名字不曾听到过。我们只得大家私自相约，下学期如果真的换了那个老头子做校长，我们也不再到这学校来了。

放了年假，那消息果然成了事实，我们高年级里有二十几人自动地停了学。有些人到城里或别处，转学的转学，学商业的学商业，我母亲不让我离开乡下，既无高等小学可转，也无职业可学，只得听我歇了下来。那时我是高小二年级的学生，就此结束了我的学生生活。

时间过得这样的迅速，一眨眼，20年过去了。我所爱的教师和同学都和烟一样的在这大的世界中四散而且消失了。

回忆是愉快的，然而却也充满着苦味。20年来，我所经历的所看到的学校也够多了，却还没有一个学校值得我那样的记忆。现在办学校的人仿佛聪明得多，管理的方法也进步多了，但丑恶面也就比从前更加深刻起来。偶然在污秽的垃圾堆中发见一枝小小的蓓蕾，立刻就被新的垃圾盖了上去，这现象，太可悲了。唉……

新潮澎湃正青年（节录）

臧克家

流亡在东北数月，受尽了痛苦磨难。好不容易得以回家，却又病魔缠身，辗转榻上，一躺就是半年。直至1930年暑期，我借用别人的文凭考入了国立青岛大学（后改名为山东大学），生活才相对安定了下来。

在青岛大学入学考试中，国文出了两个题目，一为《你为什么投考青岛大学?》，一为《杂感》，任选一题，我两题都作了。当我入学报到时，听说闻一多先生给我的《杂感》判了98分，而闻先生看卷子极严格，一般只给六七十分。这样，我解开了数学吃了“鸭蛋”还被录取的疑团。

“人生永远追逐着幻光，但谁把幻光看作幻光，谁便沉入了无底的苦海!”

这三句杂感，虽然短小而内容却不简单。它是我尝尽了人生的苦味，从中溶炼出来的哲理，也是我在政治大革命失败之后，极端苦痛而又不甘心落寞的一种无可奈何的悲痛消沉心情的结晶。

闻先生欣赏这三句杂感，看透了我的心，从这面镜子中，也反映当时他的人生观和思想概况。

我原来进的是梁实秋先生作系主任的英语系，因为记忆力差，吃不消，想转中文系。我走进了闻一多先生的办公室，看到不少和我抱同样目的前去的同学，全被拒绝了，心中有点胆怯。不想闻先生听到我自报姓名时，却高兴地对我说："你来吧。"从此，我成为闻先生手下的一名中文系的弟子。从此，我成为闻先生门下的一名诗的学徒。

在第一师范读书的时候，我读了许多新诗人的诗集，但并没有接触到闻先生的诗，只知道他的名字。现在受业于他，识其人，渴想读其诗了。我向他借来了《死水》，一读就入了迷，佩服得五体投地，就像对于一位令我心折的人物，相见恨晚的心情。读《死水》，一遍又一遍。有些诗，不是一下子就懂透了的，这需要咀嚼、琢磨、品味，一经完全懂了，好似看名山的奇峰，云雾消尽，它的悦目赏心的容颜便显现在眼前，而且越看越美，永远永远在心中保持它动人的青颜了。

读了《死水》，我烧掉一本子我过去的习作。

读了《死水》，我又向闻先生借他的《红烛》，一种特殊的神色在他瘦削的面庞上一闪，然后意味深长地说："别提它了，它是我已经过继出去的一个儿子。”

我向闻先生和他的诗学习，学习着怎样想象，怎样造句，怎样去安放一个字！在以前，我不知道什么叫想象；知道了，也不会用它，抓住第一个跑到我心上的它的浮影，便宝贝似地不放松，把它用到自己的比喻、隐喻、形象上去了。不知道打开心门，让千千万万个想象飞进来，然后，苦心地，比较着好坏，像一个吝啬的穷女人和一个小气的小贩子把一个铜钱作为这场买卖成败的关键那样认真地争较着，然后，用无情的手把所有的想象赶出去，只留下最后的一个。因为，形容一个东西，只有一个想象最美。没有扎着翅膀的想象，永远把你的诗拖累在平庸的地上，而诗，却和文一样，最忌讳“乎”的。

下字也难，下一个字像下一个棋子一样，一个字有一个字的用处，决不能粗心地闭着眼睛随便安置。敲好了它的声音，配好了它的颜色，审好了它的意义，给它找一个只有它才适宜的位置把它安放下，安放好，安放牢，任谁看了只能赞叹却不能给它调换。能够达到这样的境界，是多么的不容易呵。

这时候我创作的兴致很高，用心也很苦。每有自己认为值得一看的诗便跑到闻先生家中的书斋去找他，吸着纸烟，喝着茶，浓郁的诗的气氛充满了斗室。我们像朋友般地谈着，他指点着我这篇诗的好处，缺点，哪个想象很聪明，哪个字下得太嫩。同时，他又立即到书架子上去（书架子做了他的四壁）抓过来一本西洋诗，打开，找出同我的想象字句差不多的字句来，比较着看，有时，一个句子，一篇诗，得到了他的心，他古井似的心上（他久已把诗心交给一堆故纸了）立刻泛起澎湃的热流，眉飞色舞地读着它，同时，把一个几乎是过分的夸奖给了我。他时常在他喜欢的句子上划个红圈，而那句子恰好是我最得意的，于是，我们的心和眼睛全叫诗连在一起了，而闻先生也顿然从一位严肃的学者回到了热情诗人的境界。

记得有一个暑假，我把《神女》这篇诗的底稿给他看，其实是在做一次试验，其中有一个句子我最喜欢。复信回来了，我心上的那个句子："记忆从头一起亮起"，果然得了红圈。我高兴得狂跳起来。

除了向闻先生学诗，我还把其他一些诗人的诗读了不少。徐志摩先生的诗写得精彩，才气超脱，我喜欢他的潇洒，像一位象牙之塔里的诗仙，穿一件纺绸长衫，在海滨夏日的阴凉下，天风吹绸衫和人一起飘飘然欲凌空飞去。但他眼里的宇宙和人生与我距离得太远，他"云游"在天上，而我生命的根却扎在泥土里。

陈梦家追随闻先生，从武汉大学到了我们学校做助教。他年轻，才高，信仰宗教，但缺乏人生艰苦的磨练。虽然我和他对人生的看法恰恰相反，但他耀眼的才华，美丽的诗句，也着实打动过我的心。当时社会上传说我和梦家是闻一多先生门下的"二家"，这话倒也事出有因。我曾问过闻先生："您应该写诗呵，为什么不写了？闻先生带点感慨地回答："有你和梦家在写，我就很高兴了。”

王统照先生是我的同乡；也是我十分尊敬的前辈和老师，他给了我很大的鼓励和帮助。他的住处——观海二路49号，是我和吴伯箫同志常去的地方。对于我的新诗创作，他给了我许多有益的意见。他为人诚朴、平易、言行谨慎，但诗人气质浓厚，诗兴一来，妙语如流，眉飞色舞。他学识渊博，爱好美学，曾自费游历欧洲数国，带回许多佳作。他奖掖后进，不遗余力，发现一个新作家，以为至乐。吴伯箫、端木蕻良和我等一些青年作家，都是在他及其他几位前辈作家的帮助扶持下登上文坛的。

月夜和风筝

◎ 牛 汉

在我童稚的心里，父亲很深沉，与父亲的生命能以融合的月夜和风筝也很深沉。深沉，意味着识不透底蕴。对于月夜和风筝，父亲有许多自己的哲学和具有哲理的玄想。他当年不到三十岁，经历了五四运动和大革命，人显得有点苍老。我正值童年，对父亲困惑不解。经过五六十年心灵的反刍，现在才渐渐地有些理解了：父亲当时精神上很困厄。活得不舒展。

父亲从来不在白天放风筝。祖母说他的风筝是属蝙蝠的。父亲说："白天不需要风筝，白白亮亮的天空，要风筝干什么？"父亲总是当天地黑透了之后才去放风筝。奇怪的是，白天没有风，黄昏以后，常常不知不觉地来了微风，似乎不是从别处刮来的，风就藏在我们村子里一个角落，它觉得应该醒了，站直身子，轻飘飘地跑起来。有时候，白天风刮得很狂，一到黄昏便安生些，仿佛事先与父亲和风筝有过默契。

放风筝在春二月，天日渐长起来。天暗下来时，不用父亲唤我，我会跟在他后面，帮着把风筝从我家的东屋弄出来。丈把高的人形的“天官”风筝由父亲自己扛。我用双臂抱着放风筝的麻绳，绳缠得很紧，足有西瓜那么大那么沉。父亲悠然地看看天，说：“又是个月明的天！”只有我知道，他并不是赞美月夜，他希望的是没有月亮和星星的黑夜，“没有月亮多好。”父亲慨叹一声。实际上黑透了的夜极少。我对父亲说：“有月亮放风筝才好。”我想，天黑会闷人，有月亮能看见升天的风筝，看见红灯笼与星星在一块闪烁，还能望见海琴振颤的翅羽。父亲不答理我。到了街上，他说：“没有月亮和星星，天是囫囵的，完完整整的。”“为什么？”我问。父亲回答：“天黑透了，天才能安静下来，风筝在天上才自在。天空只有风筝和灯，只有海琴的歌，一个完美的世界。”父亲像是在吟诗。我当时还是喜欢在月明的夜放风筝，我喜欢望着朦胧的天，它越看越深，越看越高，风筝飘带上的月光跳来跳去，还能看见变化莫测的飞云。红灯摇摇晃晃，比所有的星星，快活得多。如果天全是黑的，我们什么也看不见，天也看不见我们。父亲摇摇头不作解释，他清楚他那套玄想无法让我理解，而我也有我自己童稚的玄想。

父亲年轻时喜欢写诗、吹箫。他有时自言自语，以为我听不懂，听到我的某一句问话以后，他惊愕地回过头来望一望我，似乎我不应该听懂他的话。

总有一群小孩跟在我们后面吵吵嚷嚷，如果我和父亲不放风筝，这些孩子都不会到街上来，家里老人不放心他们在月亮地里跑动。我和父亲照例在一个小的广场上停下来。这里实际上是村里的一个十字路口，没有车马，就成为一处注满月光的开阔地方。靠北边，有个高坡，父亲站在上头就能把风筝放到天上去，不需要助跑，他让我把风筝直立在丈把远的地方，在背后扶着风筝。父亲高高扬起双臂，猛地向上一拽，风筝抖动一下，被惊吓得跳起来。父亲手中的绳子一抖一拽地就把风筝逗到了空中。风筝显得很高兴。它和父亲配合得很好。一会儿风筝就升高了。风吹着，月光抚摸着“天官”的彩衣，发现瑟瑟的声音。

一到春天，村里的枣树上，总有风筝挂在树上，都是孩子们的瓦片风筝，父亲的风筝从来没有挂在树上过。我们村家家院子里，多半有几棵枣树，枣树是长不高的，风筝很容易就能越过。等到风筝放得很高以后，父亲横着身子一步一步地移到五道庙前。五道庙有结实的栅栏，父亲把绳子放尽，手里只剩下一根光滑的木棒，他把木棒横别在栅栏上。

五道庙前是个热闹的广场，这时父亲掏出烟锅，抽着后，就坐进人群里去，似乎风筝跟他无关了。这时我感到风筝只归我所有了。我担心天上风大，风筝会倒栽下来。我不时用手摸摸绳子，如果绳子绷得太紧，发出嘎吱的声响，我就对父亲说：“绳子怕要断。”“没事。”父亲对我说：“你快回去把灯笼和海琴拿来。”

这时才是我最高兴的时刻。我跑得飞快，幸亏有月亮，看得清路，身后跟着一串孩子，仿佛我是风筝，身后的一长串孩子是风筝的飘带。“成汉哥，今天的海琴让我拿！”“成汉哥，灯笼由我拿！”

父亲的海琴和灯笼搁在东房的供桌上。蜡，我得向祖母要；蜡不要随便放，搁在供桌上，一会儿就会被老鼠吃光。我和孩子们又是一阵小跑，我当然地跑在前头，同伴们有的拿蜡，有的提灯笼。海琴由我拿，我从不让别人碰的。

父亲站起来，用手摸摸风筝的绳子，如果绳子绷得不够紧，海琴常常放不上去。父亲放海琴和灯笼不让别人插手，他先把海琴连到绳子上，再把灯笼挂在海琴下边。他总是当风筝稳定到最佳状态时，才小心地把灯笼点亮。我和孩子们鸦雀无声，等待着海琴和灯笼开始升起的一刹那，父亲异常专心，眼睛也明亮起来，不住地看天、看灯笼和海琴，只听孩子们一声喊：“海琴动了，动了！”海琴在一片欢呼声中沿着琴弦似的绳索嗡嗡地歌唱着升了上去，越升越快。我把耳朵贴着绳子谛听，真能听到远方大海的声音，嘿，大海的声音原来像一群蜜蜂在飞。父亲目不转睛地看着海琴和灯笼升到风筝那里。

天空出现了一颗与众不同的红色的星，摇摇晃晃的星，会歌唱的星。灯，在天空，也不过亮半个钟头。灯灭了以后，放风筝的高潮便结束。孩子们纷纷回家。我仍忠实地守望着天上的风筝。失去灯，风筝看去更明显些，它摇曳着，隐约能听到飘带扑扑瑟瑟的声音。灯笼和海琴也像我一样陪伴着风筝，还有天上的月亮和星星。直等到半夜，父亲和广场上的人都立起身来，父亲才和几个大人把风筝收了下来。如果大人们的自乐班还忘我地吹奏响器，何时收场就难说了。风筝在天上多半很安生，只有几次，忽然起风，父亲提早收下风筝来。风筝靠墙立着，我守着它，还守着灯笼和海琴。大人们仍吹吹打打，不愿散场。

父亲年年都要放风筝。每年都认真地把风筝修补一番，重新染一次颜色。村里放风筝的人有好多家，都没有我父亲放风筝那样虔诚和认真。我们村和附近几个村流行一个谚语："史桂林的风筝头一分儿。"卖豆腐的老汉夸自己的豆腐说："我的豆腐是史桂林的风筝。"父亲的风筝挂上灯笼之后，三五里内的几个村庄都看得见。

这放风筝的一套技能父亲是怎么学来的，可能是我们家乡自古传下来，也可能是他从北京城学来的。但是，我在北京待了这么多年，为什么没有见过有人夜里放风筝，更没见过挂海琴和灯笼的风筝，真感到奇怪和遗憾。

父亲为什么总在月明的夜放风筝，而且特别喜欢在黑夜挂灯笼和海琴，我此刻真有点理解了。如果我现在放风筝，我也一定在黑夜放，而且一定挂上灯笼和海琴。

当风筝放稳了之后，父亲就不停地抽烟，很少跟谁说话，他仿佛很深地进入另外一个世界，他放风筝跟他吹箫的神情很相近。他有自己，放风筝的哲学，希望风筝带着灯笼的光亮和海琴的歌，也带着他的心灵，升向高高的空旷的夜空。

后来，到了四十年代，我知道，父亲在家乡那些年写过不少的诗，有旧诗，也有新诗，从来没有发表过，他似乎没有想到过要发表。

还有，父亲一生嗜酒。他放风筝之前，喜欢先喝点我祖母酿的黄酒。我们家乡的春二月，大地还没完全解冻，夜间是很冷的，有月光的夜更加清冷清冷。

似乎一旦风筝连同海琴和灯笼升到天上，月夜就变得温暖起来。至少我父亲的感觉是这样。

父 子

舒 乙

写自己见过、经历过的事情，哪怕是一桩顶小的事，并有感而发，最忌空发议论。写法无一定之规，可就是不能露出“作文”的痕迹，保持文字的纯朴无修饰和活泼有趣最重要，切忌美词的堆砌。

——舒 乙

“慈母”这个词讲得通，对“慈父”这种词我老觉着别扭，依我看，上一代中国男人不大能和这个词挂上钩，他们大都严厉有余而慈爱不足。我的父亲，既不是典型意义上的慈父，也不是那种严厉得令孩子见而生畏的人，他是个新旧时代交替之际的人，所以他比较复杂，当然，也是个复杂的父亲。

我不知道，一个人的记忆力最早是几岁产生的，科学上好像还没有定论。就我自己而言，我的第一个记忆是一岁多有的，那是在青岛，门外来了个老道，什么也不要，只问有小孩没有，于是，父亲把我抱了出去，看见了我，老道说到十四号那天往小胖子左手腕上系一圈红线就可以消灾避难。我被老道的样子吓得哇哇大哭，由此便产生了我的第一个不可磨灭的记忆。父亲当时写了一篇散文，说："一看胖手腕的红线，我觉得比写一本伟大的作品还骄傲，于是上街买了两尊兔子王，感到老道，红线，兔子王，都有绝大的意义！"使我遗憾终身的是，在我的第一个记忆里，在父亲称之为有绝大意义的事情里，竟没有父亲的形象，我记住的只是可怕的老道和那扇大铁门。

我童年时代的记忆里真正第一次出现父亲，是在我两岁的时候，在济南齐鲁大学常柏路的房子里。1982年我到济南开会时去看过那房子，使我惊奇的是，那楼梯，那客厅竟和我记忆中的完全一模一样，足见，两岁时的记忆已经很可靠了；不过，说起来有点泄气，这次记忆中的父亲正在撒尿。母亲带我到便所去撒尿，尿不出，父亲走了进来，做示范，母亲说："小乙，尿泡泡，爸也尿泡泡，你看，你们俩一样！"于是，我第一次看见了父亲，而且，明白了，我和他一样。

在父亲1935至1937年写的幽默小文中，多次提到他有一女一儿，"均狡猾可喜"，他常常要当马当牛，在地上爬来爬去，还要学牛叫，小胖子常常下令让他"齐步走"，可是永远不喊

"立正"，走起来没完，无数个刚想起来的好句子好词就在这些"命令"中飞到了九霄云外，所以至今也没成为伟大的莎士比亚。我很抱歉的是，这些情节我竟一丁点儿也记不起来，我只记得他和我一块儿撒尿，虽然，我很为此而感到骄傲。

在我两岁零三个月的时候，父亲离开济南南下武汉加入到抗战洪流中。再见到父亲时，我已经八岁。见头一面时，我觉得父亲很苍老，他刚割完阑尾，腰直不起来，站在那里两只手一齐压在手杖上。我怯生生地喊他一声"爸"，他抬起一只手臂，摸摸我的头，叫我"小乙"。他已经不是那个在地上爬来爬去的牛了，我也不是可以任意喊他齐步走的胖小子了。对他，对我，爷儿俩彼此都是陌生的。我发现，在家里他很严肃，并不和孩子们随便说笑，也没有什么特别亲昵的动作。他当时严重贫血，整天抱怨头昏，但还是天天不离书桌，写《四世同堂》。他很少到重庆去，最高兴的时候是朋友们来北碚看望他，只有这个时候他的话才多，变得非常健谈，而且往往是一张嘴就是一串笑话，逗得大家前仰后合。渐渐地，我把听他说话当成了一种最有吸引力的事，总是静静地在一边旁听，还免不了跟着傻笑。父亲从不赶我走，还常常指着我不无亲切地叫我"傻小子"。我发觉，他一定在很仔细地观察我，因为我老听见他跟客人们说这个傻小子怎么样怎么样，闹得我常常自己纳闷，怎么我就不知道自己身上有这些特点，值得他如此仔细地去和别人讨论。他自己从来不告诉孩子应该怎样做和不应该怎样做。只有在他和朋友们的谈话中，我才间接地知道原来他很喜欢你做了这件事或者那件事。他对孩子们的功课和成绩毫无兴趣，一次也没问过，也没辅导过，完全不放在心上，采取了一种绝对超然的放任自流态度。他表示赞同的，在我当时看来，几乎都是和玩有关的事情，比如他十分欣赏我对画画有兴趣，对刻图章有兴趣，对收集邮票有兴趣，对唱歌有兴趣，对参加学生会的社会活动有兴趣。他知道我上五年级时被选为小学学生会主席时禁不住大笑起来，以为是件很可乐的事情，而且还是那句评语：这个傻小子！我刚到四川时，水土不服，身体很糟，偶尔和小朋友们一起踢一次皮球，他就显得很兴奋，自己站在草场边上看，还抿着嘴笑，表示他很高兴。他常常研究我的北京话，总是等事情过后把我的说法引述给他的朋友们听，向别人解释道："听听，这个词北京话得这么说，多好听。"他很爱带我去访朋友，坐茶馆，上澡堂子，走在路上，总是他拄着手杖在前面，我紧紧地跟在后面，他从不拉我的手，也不和我说话，我个子矮，跟在他后面，看见的总是他的腿和脚，还有那双磨歪了后跟的旧皮鞋。就这样，跟着他的脚印，我走了两年多，直到他去了美国。现在，一闭眼，我还能看见那双歪歪的鞋跟。我愿跟着它走到天涯海角，不必担心，不必说话，不必思索，却能知道整个世界。

再见到父亲时，我已经是十五岁的少年了，是个初三学生。他给我由美国带回来的礼物是一盒矿石标本，里面有二十多块可爱的小石头，闪着各种异样的光彩，每一块都有学名，还有简单的说明。听他的朋友说，在国外他很想念自己的三个孩子，可是他从没有给自己的孩子写过信；虽然他倒是常给朋友们的孩子，譬如冰心先生的孩子们写过不少有趣的信。

我奇怪地发现，此时此刻的父亲已经把我当成了一个独立的大人，采取了一种异乎寻常的大人对大人的平等态度。他见到我，不再叫“小乙”，而是称呼“舒乙”，而且伸出手来和我握手，好像彼此是朋友一样。他的手很软、很秀气，手掌很红，握着他伸过来的手，我的心充满了惊奇，顿时感到自己长大了，不再是他的小小的“傻小子”了。高中毕业后，我通过了留学苏联的考试，父亲很高兴。五年里，他三次到苏联去开会，都要专程到列宁格勒去看我。他仍然没有给我写过信，但是常常得意地对朋友们说：儿子是学理工的，学的是由木头里炼酒精！他还把这个写到文章里，说自己的晚年有“可喜的寂寞”，儿子闺女和伙伴们谈话，争论得不亦乐乎，他竟一句话也插不上，因为一句也听不懂！

虽然父亲诚心诚意地把我当成大人和朋友对待，还常常和我讨论一些严肃的问题，我反而常常强烈地感觉到，在他的内心里我还是他的小孩子。有一次，我要去东北出差，临行前向他告别，他很关切地问车票带了吗，我说带好了，他说：“拿给我瞧瞧！”直到我由口袋中掏出车票，知道确有车票，放的也是地方，他才放心了。接着又问：“你带了几根皮带？”我说：“一根。”他说：“不成，要两根！”干嘛要两根？他说：“万一那根断了呢，非抓瞎不可！来，把我这根也拿上。”父亲问的这两个问题，让我笑了一路，男人之间的爱，父爱，深厚的父爱表达得竟是如此奇特！

对我的恋爱婚事，父亲同样采取了超然的态度，表示完全尊重孩子的选择。婚礼的当天，他请了两桌客，招待亲家和老友，饭后大家请他表演节目，他说当了公公不再当众唱戏，改说故事，于是讲了他的内蒙之行观感。他还送给我们一幅亲笔写的大条幅，红纸上八个大字：“勤俭持家，健康是福”，下署“老舍”，这是续矿石标本之后他送给我的第二份礼物，以后，一直挂在我的床前。可惜，后来红卫兵把它撕成两半，扔在地上乱踩，等他们走后，我由地上将它们拣起藏好，保存至今，虽然残破不堪，却是我的最珍贵的宝贝。

直到前几年，我由他的文章中才发现，父亲对孩子教育竟有许多独特的见解，生前他并没有对我们直接说过，可是他做了，全做了，做得很漂亮，我终于懂得了他的爱的价值。

父亲死后，我一个人曾在太平湖畔陪伴他度过了一个漆黑的夜晚，我摸了他的脸，拉了他的手，把泪撒在他满是伤痕的身上，我把人间的一点热气当作爱回报给他。

我很悲伤，我也很幸运。

早该说的一些话

苏叔阳

我对先父的感情并不特别深厚，甚而至于可以说，相当淡漠。我们同住在一个城市四十余年，却极少往来。亲情的交流和天伦的欢愉似乎都属于别的父子，我们则是两杯从不同的水管里流出来的自来水。

我很少揣测他对我们兄弟的情感，我单知道我自己多少年来对他抱有歧见。我的作品里很少有我自己的经历，更少写到父爱，因为在我自己作父亲之前，我几乎不知道父爱。然而，我常常动情地呼唤普遍的爱心，这也许正是对我所不曾得到的东西的渴求。

我父母的婚姻是典型的“父母之命，媒妁之言”。正准备入护士学校的母亲，辍了学嫁给正在读大学的父亲。他们之间，似乎不能说毫无感情，因为母亲偶尔回忆起当年，说她婚后的日子是快乐而满足的。接着，我们兄弟来到这个世界。我行三，在我前面有两位哥哥，各比我年长两岁和四岁。我的降生或者是父母间感情恶化的象征。从我记事时起，就极少见到父亲。他同另一位女士结了婚。他的这次结婚究竟如何，我不得而知，记述他的这段往事是我异母妹妹们的任务。我只记得我很小的时候母亲带着我风尘仆仆地追索父亲的足迹，在他的新家门口，鹄立寒风中被羞辱的情景。我六岁的时候，父亲回过一次家，从此杳如黄鹤。只留下一个比我小六岁的妹妹，算是父母感情生活的一个实在的句号。

我的母亲是刚强、能干的女性。我如今的一切都是她无私的赠予。一个失落了爱情和断绝了财源的女人，靠她的十指和汗水，养大了我们兄妹，那恩德与功劳是我永远也无法报偿的。我仅守着对她的挚爱这份宝贵的财富，打算在难以述说别人的故事的时候，再来细细地讲述她的奉献。她从三十岁左右守活寡，直到今日，每一根白发都是她辛苦和奋斗的记录。

在我读大学以前，我几乎不知道父亲的踪迹，一个时时寄托着怨怅和憎恶的影子常在我眼前飘盈，当我知道他就在同一个城市的一所高等学校教书时，我不愿也不敢去见他。

然而，我得感激他。因为靠母亲的力量是无法让我读大学的。记得好像是经过我的母校（中国人民大学）与他所在学校组织上的协助，达成了由父亲供给我与上师范学院的二哥生活费用的协议。不管怎么说，他供养我大学毕业。

从那时起，我开始逐步了解他，而我为他做的第一件事，就是说服我母亲，作她的代理人，同意在法律上结束这早已名存实亡的婚姻。因为一夫两妻的尴尬处境，像一条绳子捆住父亲的手足，使双方家庭都极不愉快，而且影响他政治上的前途。记得受理这案件的法院极其有趣而充满温情，审判员竟然同意我的要求，由我代为起草判决书主文的初稿，以便在判决离婚时，谴责父亲道德上的不当，使母亲的心理上获得平衡。那一张薄纸可以使母亲几十年的悲苦得到宣泄。

这张离婚判决书似乎也使我们本来似有若无的父子关系更趋向于消亡。从1960年至80年代，悠悠几十载，我们便这样寡淡到连朋友也不如地度过了，度过了。

也许，毕竟血浓于水，亲情谁也不能割断。我们父子间真个是“不思量，自难忘”。每当我有新作问世，哪怕只是篇短短的千字文，他都格外欣喜，剪下来，藏起来，逢年过节约我们见面时，喜形于色地述说他对我的作品的见解。我呢，从不讳言我有这样一位父亲，每逢到石油部门去采访，都坦率地承认我是石油战线职工的家属，并且“为亲者讳”，从不提起我们之间的龃龉，仿佛我们从来恩爱无比，是一对令人羡慕的父与子。

父亲生前是北京石油学院的教授，曾经是中国第一支地球物理勘探队的创建人和领导者，也曾经为石油学院地球勘探系的创建付出了心血。他退休后依旧孜孜于事业的探求和新人的培养，据他的同事和学生们说，他是一个诲人不倦，亲切和蔼和事业心极强的好教师。他死后，《光明日报》发表了一篇不短的文章，纪念和表彰他一生的业绩。

他的一生是坎坷的。在旧中国，他所用非学，奔波于许多地方，干一些与他的所长全不相干的事，以求糊口。只有新中国成立后，他才获得了活力，主动地要求到大西北去做石油勘探工作，为祖国的石油工业竭尽自己的力量。他的一生或许是中国知识分子的一个写照。他毕竟死于自己心爱的岗位上，这应当是他最大的安慰。

人生是个充满矛盾的路程。在爱情与婚姻上，他有过于人，给两位不应得到不幸的女人以不幸，但他自己也未必从这不幸中得到幸福。他的家庭生活始终徘徊在巨大的阴影中。这阴影是他造成的，却也有他主宰不了的力量使他蹀躞于痛苦而不能自拔；他在生活上是懦弱的。他的多踌躇而少决断，使他终生在怪圈中爬行，唯有工作，科学，使他的心冲破了自造。的樊篱，他的才智也才放出了光彩。

当他的第二位妻子，我从未见过面的另一位“母亲”悄然而逝的时候，不知道什么原因，我对他的一切憎恶、歧见，一下子消失得净尽。对于一个失去了伴侣、老境凄凉的他，油然生出了揪心扯肺般的同情和牵挂。我第一次主动给他写信，要他节哀，要他注意身体，要他放宽心胸，我会侍奉他的天年，还希望他搬来同我一起住。为什么会如此，我至今也说不清。

而且，我从此同两位异母妹妹建立了联系，虽然关系不比同母兄妹更密切，但我在感情上已经认定，除了我同母的妹妹之外，我还有两位亲妹妹。从那时起，我们父子间感情的坚冰融化了。我把过去的一切交给了遗忘，而他，也尽力给我们以关怀，似乎要追回和补偿他应给而没有给我们的感情。

我大约同他一样在感情上是脆弱的。当我第一次接到他的电话，嘱咐我不要太累的时候，我竟然掉下了热泪。这是我生平第一次为父亲流泪，我终于有了一位实实在在的，看得见摸得着，可以像别人的父亲那样来往的父亲。在我年届半百的时候，上天给了我一个父亲，或者说生活把早已失去的父亲还给了我。我从我的已长大成人的儿子们的眼光中看到了惊诧，他们同我一样感到突然，他们的爷爷从模糊的传说的迷雾中走出来清晰地站到了面前。他们甚至有些羞涩和不知所措，不知道该怎样面对一个真实的祖父。对我来说，父亲曾经是个迢遥而朦胧的记忆，除了憎恶便是我不幸的童年的象征，是我母亲那点点热泪的源泉，是她大半生悲苦的制造者。她那开花的青春和一生的愿望都被父亲断送。而今，另一副心肠的父亲，孤单地站在我面前，他希求谅解，他渴望补偿，却再难补偿。我，做为母亲的儿子，一下子“忘了本”，扔掉了所有的忌恨，孩子一样地投到了老爸的怀抱。这或许是我太渴望父爱，太希求父爱的原故吧。

此后，他不断给我电话和书信，给我送药，约我们见面，纵论国家大事，也关心我的儿子。表现出一个父亲应有的爱心。

我衷心地感激上苍，在我施父爱于儿子的时候，终于尝到了父爱的金苹果。虽然太迟、太少，总算填补了一生的空白。

上苍又是严酷的。这经过半个世纪才拣回来的父爱，又被无情地夺走了。

去年五月，半夜里被电话惊醒，知道父亲突然病危住院，病因不明。我急急地跑到医院，发现他已经处在濒死状态，常常陷入昏迷。他突然莫名其妙地全身失血，缺血性黄疸遍布全身。但他不相信自己会这么快走向坟墓，依旧顽强地遵从医嘱：喝水，量尿，直到他预感自己再也无法抵抗死神时，才开始断断续续述说自己的一生。在我同他不多的交往中，我第一次发现他有如此的勇气和冷静。面对死神，他没有丁点儿的恐惧，他平静地对我和我的异母妹妹述说自己的一生。他说他的父母，他的故乡；说他怎样在穷苦中努力读书，一心要上学；说他的坎坷，说他的愿望；他喟然感叹：“我这一生真不容易……”，他还要求为他拿来录音机，不知是要把自己最后的话留给我们，还是再听一遍他关于1990年自己该做些什么工作的设想。（他死后我翻拣他的笔记本，见扉页上赫然写着：1990年要在科研上作出新的成绩，写出几篇文章。）听着他断续的话，我再也忍不住，跑到走廊里，让热泪滚滚流下。

他去世的那天凌晨，我跑到他的病房，妹妹一下子抱住我大哭。我伏在他还温热的胸脯上一声声叫着“爸爸”，想把他唤回，他的灵魂应当知道，那一刻，我喊出了过去几十年也没喊过那么多的“爸爸”；我失声痛哭，我不知是哭他还是哭那刚刚得到又遽然而逝的父爱……。

他走了，从他告别人生的谈话中，发现他虽有遗憾，但没有惆怅地离开这个世界，却留给我和我的兄妹们无法述说的隐痛。从小和他生活在一起的两位妹妹，因为失去他而陷入孤寂；我们则把刚刚得到的又还给了空冥；我们兄妹都突然被抛向了失落，而这失落是我生平第一次体味到的。

他的丧仪可谓隆重，所有的人都称赞他的品格和学识。只有我们才知道他怎样从一个孩子们心目中的坏父亲成为一个为他衷心潸然的好父亲。这是几十年岁月的磨难才换来的。

他把糖尿病遗留给我，让我总也忘不掉他。然而我不恨他，反而爱上了他，并且从他身上看见了良知的光辉。当一个人抛弃了他的过失并且竭力追回正直的时候，就能无愧地勇敢地面对死亡。何况，他生前还那么努力地工作，正如《光明日报》的文章所说的那样，是一支“不灭的红烛”。

我早就应当写这篇文章，然而我不知该怎样分清对他和母亲的感情。忘记他的过去，似乎有悖于母亲的恩德，然而只记得他的过去，似乎又对不住他后来的爱心。噢，妈妈，我是最最爱您的，相信您会懂得儿子的心，这也正是您教诲我的，应当始终记住别人的好处。况乎，他是我的父亲。

我曾经不爱而今十分爱恋的父亲，您的灵魂或许还在云头徘徊。您可以放心，我们爱您，爱一个过而能改，勤勤恳恳为民族为祖国工作的知识分子，爱一个用余生补偿父爱的父亲。愿您安息！

父亲·我们

钟铁民

1958年10月间，我从屏东寄居地回到家里。时间正当深秋，周围打谷机不停地响着；树梢间，蝉儿也正唱得高兴。虽然家园的一切都令我感到亲切温馨，可是仍掩不住我心头淡淡的忧虑。这是我离家一个多月后第一次放假回家。

父亲已经好几天没有上班了，我曾路过他办事的地方，据说他最近时常请假，身体不太舒服。这消息给我很大的不安；很久以前父亲就常说肋骨又发痛，不会是旧病复发了吧？他给我的信中一个字也没有提过呀！我想象着他会躺在床上看书，但是一进门，我就放下心来了。父亲像往常一样，正坐在后门槛上擦身体。他身子本来就瘦削，脸上气色也没有我想象中那么坏。当他愉快地问我学校生活的时候，我渐渐把自己的疑虑抛向九霄云外去了。然而我被自己的眼睛所欺骗，我该想得到，父亲的病原是不露痕迹的呀！

这天晚上，父亲跟我在饭桌上作了一次很正规的谈话，他很少这样对我说话，这使我意识到自己已经长大了。当晚，我的日记是这样写的：

爸爸一再地叮咛，身体健康是最重要的，其次才轮到学问。高中这三年是人生最重要的时期，它决定着一个人整生的命运，分秒都应该致力在健康和学问上面。最后他告诉我说："我近来身体很坏，目前这份差事本不想干了，只是为了你们兄妹的将来，只得咬着牙根做下去。比如现在你们是一列火车，我跟你们的母亲就要当你们的燃料、煤块。目的是要你们能向前跑，我希望你们都能跑得远远的，并且比别人都远。现在你们还能靠着这些煤块，努力去跑吧！等到我们都成了煤渣，想再帮你们也不可能了。你想是吗？"

我感到胸前热血沸腾起来了，我必须更约束自己，尽自己的力量去做。

第二天我回学校去的时候，我好像是一下长大了许多似的，我的想法、思想都跟以前不同了。可是我绝没有想到，两年还不到，父亲的光和热同时都燃尽了？那才是他自己事业的开始呀！想起来真够痛心啊！

父亲热衷于文学。他将全副的心力都放在写作上。从我有记忆起，他就在不停的写，可是我看到他的作品在刊物上登出来，却是到他最后的一两年的事。

长时期来，当父亲寄予满腔热情的作品一次又一次被退回来，我真不忍想象他的心情。对于他，每一篇作品都有着精神上和经济上两种重大的意义在内。我常常听见他说出心中的懊悔，尤其最后两三年，他不把我当小孩之后，他告诉我许多的事情。

父亲的性情虽然和顺，但是他很好强，也很自尊，不肯轻易服输。当年，他身体多病，功课赶不上自己的兄弟，毕业后他独自被摒于中学门外，伤心失意之余，他企图从另一条路去追上他们，于是他选了写作。

“我开始就错了。”他经常对我说，“我随便学什么也不会落难到这般地步，做生意、学技术，甚至开山也会比现在强。”

是的，把一个人的大好时光消磨在不断地挥笔当中，到头来毫无收获，甚至将自己的健康和家人的幸福都赔了上去，他怎么能不对写作感到绝望呢？不少次他丢开纸笔，计划出外经商，也曾养过鱼，养过鸡。最后却又重新拾起笔来，在毫无希望的情形下，再改旧作。我从他的许多言语动作里，可以读出父亲心中的话：我不相信我比谁都不行！

他不高兴我再走他走过的旧路子。他说农工商都可以选。学文，他不赞成。我从小就喜爱文学作品，父亲又是写文章的，我也常常想试试，这是他所最不放心的。尤其我身体残缺，许多条件都依着我跟在他后面。临终前，他还不忘为我操心着。我告诉他尽可能地我要完成学业，找份小差事后就接过他的遗业——写作。

父亲听完叹了一口气，停了一会才问我。

“写作有什么好处？”

我当时很稚气的应了一句：“可以成名。”

他很快就说：“名气可以当饭吃吗？”

我答不上来了，我确实不知道我要做什么好。父亲热切的望着我，严肃地说：

“这是你自己的事，你可以自己决定。你若一定要写作，答应爸爸一个条件，你不要结婚。你喜欢吃苦是你自己的事，你没有权利让妻女也受连累跟你吃苦。”

这许多话是在他不住咬着牙喘气中迸出来的，别人或许会认为它们过分偏激，过分现实，但是句句出自肺腑，要知道他正是让现实生活击倒的呀！

父亲没朋友。在得五六年文艺奖金以前，是没有谁知道他的。在乡间，人们把他当作没有用的病人，写字卖？倒是新鲜有趣的事。只有母亲敬重他，知道他从事的是一种严肃高尚的而又永恒伟大的工作，当他到处遭遇失败的时候，母亲从来就没有说过他一句话。

无望的、孤零零的，父亲一个人埋在自己的世界里，在那里他没有伙伴，没有能够与之说话的人，他必须要长期封闭自己的感情。在寂寞无奈中，他也常常招来一些做田的邻人，开山的北部人。农暇时的晚上，他们坐在禾埕上拉拉胡琴，唱唱山歌，说的尽是一些粗鲁的土话，但是父亲喜欢听他们的。他很少插嘴，听到精采的地方，他会笑着说一句话来表示他的惊异：

“呃？有这等事？”

这时他的眼睛是发着光闪的，嘴角也漾着笑意。我永远也不会忘记父亲说这句话的时候的神情。这些人，往往会出现在他的作品当中，还是同样的神情同样的态度，我都可以一二指着他们叫出名字来。

有些时候父亲也会做许多家具来消除自己的烦闷。他能盖鸡房，也会削篾片编织鱼笼、菜篮和畚箕等等，他一面看着旧的，一面不住地试着，他编的菜篮竟然也跟那些师傅编的一样好。有时他会逗着弟妹说笑，替他们做着玩具。他从病院回来不久，曾答应替我削一个陀螺，就是这个诺言，他一直没有兑现，他后来说它危险，而且削起来也太费劲了。但是我从来没有淡忘过它。

长期的养病是命运对精神的一种虐待。父亲不敢出去做事，写作又是永远没有报酬的工作，这等于长时间的失业。全家生活依靠母亲的劳动来维持，父亲最大的痛苦就在这里了，这使他的自尊大大受到伤损，但是又无可奈何。为使母亲减少操劳，便接管起家事来。除开洗衣服，他会全套炊事，此外还会割猪菜剁猪菜和喂猪，工作非常繁杂，还要管照小的弟妹，他写作的时间几乎全被剥夺了。值得庆幸的是他的健康情形已经大大变好，他又谋划着要出外找事了。这是五五年的事。

就是这一年，我初中一年级。派出所户口调查，我从附近朝元寺拿回校正后的身份证，父亲却为职业栏的“无业”感到生气，立刻要我回去更正。

“改什么？写作好吗？”我问。

父亲想了片刻，摇摇头说：“改个农吧！”

没有职业是一种难耐的苦痛和羞耻，我能体会出父亲的心情。长期要忍受这种惩罚，会令人发疯的。

一年又一年，我们的家庭生活越来越艰难，要想在这种情形下静心养病，怎么有可能呢？父亲也曾出外做事，那是一段长长困难的日子之后，他当起一个里干事来，也就是他《贫贱夫妻》里所说的：给一家电影院每日写广告。

父亲是在全家惴惴下工作的。母亲早上送他出门，傍晚就眼巴巴等着他回来，只要时间上稍晚了一点，她就要不安地进进出出了。我还记得母亲时常不时地站在庭尾高坎上远眺。有一次，父亲到天黑还不见影子，我们点着火把出去迎他。一直走尽了山路才看到他在黑暗中推着车子过来。母亲替他推着单车，他们慢慢走着，说着，声音低低。我在前面打火把。我们走的是山路，一面靠山，一面是甘薯圃。山上松鼠呱呱啼叫着。这些都是过去的旧事了。

在这种情形下工作，我们全都明白，那不可能长久的，才两个多月父亲果然又累坏了。我们的生活立刻恢复到以前的困境了。五四年冬天，弟弟又不幸去世，我们的家庭顿时失去了生气，这个打击几乎将父亲打倒了。他就在此时写下《野茫茫》。

我们的家庭，使得人人害怕了。四个人中一个病的，一个残的，一个刚在学步，只有母亲一个人在独撑。在青黄不接的时候，借几升米都不容易呢！有一次，因为向农会贷款而请一姓詹的邻居担保。詹的大儿子二十才出头，当着母亲的面抱怨他父亲的不识时。

“担保有什么关系？人家发展了会还的呀！”詹姓老农夫尴尬地笑着，詹的儿子对母亲望了一眼，不屑地说：

“这种人家也望发展啊？哼！匍匐沉啦！”

这话母亲现在还常常说起，当时确实曾令她暗中痛哭许久，也曾令父亲坐在石禾埕边发了半天呆。

那九年惨澹的日子，我们全在无望中挨着，连我们小孩子也能感到空气的沉闷。1955年秋，我进了初中，日子更紧，但是我们好像全都麻木了。这期间，父亲《野茫茫》的发表给他很大的兴奋。可是这兴奋没有维持多久，稿费发下来，寄给父亲四十元汇票，而且是高雄邮局兑领的，连往来车费都不够。这张汇票一直便成了纪念品。

《野茫茫》发表后，父亲投稿更勤了，但是一去必定一返。退下来的稿子，几乎全要遭遇改作的命运。因此，有些作品是经过三次以上的删改的。

1956年5月间，弟弟出世，父亲有了新的寄托，精神好得很快。11月，《笠山农场》得中华文艺奖金，父亲终于呼出一口气，我们长久的黑暗时期算是撑过去了。

得奖后最令父亲开心的是他得到了真真可以谈心的朋友。在这以前他是多寂寞呀！他的许多作品，也就是这以后在他们的激励下写出来的。他们使他恢复了他的信心。他是全心全意敬爱着这些朋友的，我们可以从他接到他们的来信时的愉快看出来。

父母的同姓结婚，经常是父亲作品中的故事。他不高兴我看他的作品，我猜想他是为了为父的尊严，他有太多的真情流露发泄在作品当中，是不喜欢让我们孩子们看见的，因为那多少有些难为情吧！何况里面有着父亲年轻时的韵事哪！

我常听外婆说：父亲年轻的时候是颇受女孩子注目的，他脱俗、潇洒、彬彬的风度迷住好些女孩子。可是他偏偏选上母亲，这就是所谓“缘”吧！也该说是他所最不相信的“命运”了。当他们在一起谈笑时，母亲常常叹息说：

“我前世大概杀人放火，欠了你的大债吧！今天才会跟着你受这种苦。”

有一次，我听见父亲是这样回答的：

“既然是前世欠我那么多，你要甘愿还呀！”

母亲瞪眼睛了，最后赌气地说：“现在我还不够甘愿吗？”

父亲大笑了。我那时已经很懂事。

父母间的感情是无法剪开的，他们之间没有你我，也没有争执，打架我更是从来没有听过的。跟父亲在大陆上同住过的一位朋友，到现在还会笑母亲跳断一只高跟鞋的事。他说父亲到河南去玩，回来时带回一位河南姑娘，把母亲气得高跳起来。但是这已经是太久以前的事了，我还很小，什么都不知道。

他对我们兄妹很宽大，他让我们自由处置我们自己的事情，也不督促我们的功课，只偶然用些浅近的道理开导我们。他说："自己的事要自己做。"他又说："我宁可要能掮大木头的笨儿子，也不要没有健康的小状元。"

这是父亲的教条：健康第一。

我记忆中最早的父亲的影像是他在松山病院的时候，母亲带我跟弟弟一同去看他。那年我八岁。上了病院二楼，我领先一路奔去，每一间病房的门都开着。我一间间的认。突然我感到身子发热，一张我熟悉的，却又有点陌生的面孔在面前，我们互相都呆呆地望了片刻。我忽然感到害羞和疑惑起来了。母亲上来，当她眼睛发出光亮，涌出泪水站在门口时，我忍不住了问她：这不是爸爸吗？

我们一年多不见面，爸爸说我变得很瘦，但是他也变了样子了啊！他拉着我的手问我家里的事，我学校的功课，我感到兴奋和害羞，我觉得爸爸的手很温暖，我渐渐把自己的许多事情也告诉了他，他微笑着听着我说话，我们重新订下交情来了。

“你二年级了，以后会给爸爸写信吗？”

我答应了。我们是坐在阁楼上说话的，窗外整齐的油加里树就在眼底摇摆，上上下下的人们都对我们点头微笑。爸爸坐在竹躺椅上，我们围着他，四岁的弟弟则在我们中间穿插着，我们一直坐到天黑，第二天我们就回家了，父亲一直送我们上车。现在时间已经过了许久了，但是每当我一看《阁楼之冬》或有关阁楼的字眼，脑海中会不期然地浮现出这些情景来，却都像是许久前的夜境一般缥缈了。

我底下的弟妹，全是父亲一手带大的。他坐在摇篮前面的破藤椅上，膝上搁着书或稿纸，长长的绳子绕在脚践上，轻轻地摇着。由老三、老四到老五，每次他们一哭，伴着哭声的是父亲低低的催眠曲：番仔调。调子是哀怨的、伤情的而又是缠绵的。以前祖母也能唱，现在可再也听不到了，有时我乱哼，哼对了调子，我会不停的哼下去，哼得心中百感交集，悲痛落泪为止，因为此时我好像又回到了从前，听父亲在催眠。

我不是一个孝顺的儿子，我自幼多病，父母不知为我担了多少心事。我更曾严重地去残害父母的心，想起来真教我万分痛心、后悔。那年，我们生活最困苦的时候，桌上曾经一连数天只有白水煮白菜，我却不管父母的伤痛，一连罢食了好几餐，父亲一直便愧恨自己没有尽到做父亲的责任，我的行为不是尖锐地刺破了他的心吗？我现在一想到这件事便要痛苦许久，我欠父亲太多了。

“你快好吧！我们两个都不好，会把你妈拖倒的。”

说这话才两天，父亲就病发去世。原来忧心我的病也是他病发的大原因啊！

父亲去世，我除了哀痛又能如何？四年过去了，弟妹也都长高了许多，也懂事了许多。我们都深深地怀念父亲。

我早就该写纪念文了，可是我不知道如何去写。父亲是一位很平凡的人，我只能写出一些杂杂乱乱的生活片断！一个平凡的人所当有的。而这正是我不愿意写的，因为在我，以及我们兄妹心目中，我们的父亲永远是一位了不起的伟大的父亲啊！

父亲与种子

杨闻宇

农家生活有勤苦，有纠纷，也有爱。母爱子，爱得有声有色，一忽儿嫌挂破了衣衫，“抱怨”声中捏起了针线；一忽儿嫌脏了手脸，边“训斥”边轻轻擦洗；一忽儿又嫌睡觉不老实了，咿咿呀呀地又摇又哄……孩儿撒娇之声，为母的呢喃之声，朝朝暮暮，不绝于户。

父爱有别于母爱。在我们家，也不能说父亲不爱我们哥儿仨，但他在田野上的时候多，似乎是更爱“种子”。在田禾刚秀出穗儿、瓜果花蒂初落的当儿，他就选出上好的，小心翼翼地拴一截细线儿作标记。拴就拴了罢，谁料想却拧回头来警告我们这伙“馋猫”：“这是来年的种子，谁要敢动动它，小心我用斧子剁断指头！”他一反平素的好性情，样儿凶得很。五月麦子登了场，一般的可以牛踏碌碡碾，梿枷打，棒槌敲，而留种的，父亲却抡起穗儿一把把照着碾盘摔打，要全凭力气让粒粒自动蹦出壳子来，这样会不伤胚胎。因为特别费劲，他那搓板一样枣红色的脊梁上汗水淋淋的，连下身的青布裤都濡湿了。种子收齐后，我家的屋檐下便充实起来了。谷穗儿、苞谷棒、辣椒、大蒜，黄白红紫，一串串地挂着，既防鼠防潮，又遮雨透风。记得有一年遭饥馑，全家揭不开锅了，父亲有病，蜷缩在炕头，饿得眼睛都起了雾了，但他宁可要我们扶着奶奶上野外寻挖野菜草根，也不许对种子生二心，起邪念。他胡须长了，刺猬针似的，活像一只病虎，透过窗棂破纸，默默守视着檐下的种子。

父亲对种子的爱，显示在行动中，闪烁在眼神里。虽是近乎无声，而情感却那么深沉，那么凝重……后来我成人了，走南闯北，每于无意中看到穷山瘦水间竹篱茅舍的檐子下闪亮着饱满的种子，心头就禁不住涌起一个热浪，仿佛触到父亲执著的眼神，升扑跃动的心。

父亲为什么如痴如迷地爱种子呢？想得久了，我忽然觉得，他与种子好像有相似之处。

他们同样平凡，没什么装饰和特色，长年保持着朴素的色调；两者又同样渺小，父亲混迹在庄稼汉群中，就像是种子落进了粮食堆子里，真叫沧海一粟。平凡、渺小，却又顽强。父亲开垦荒山坡时，先要垒石堰压田埂，他抡动二十余斤的铁锤，呼呼地擂不了几下，巨石就裂成碎块块了，那锤与石撞击的铿锵音响，震荡在山谷间，星月颤栗，虎豹也为之惊悸。

提起种子的顽强，我便记起儿时的一桩小事。有一年奉伏，苞谷腰间的棒棒瓷实实地鼓圆了，我浑身精光，就挂一帘红兜肚坐在垅畔逗蛐蛐，苞谷叶扑簌簌一阵响，父亲把个拳头般大的香瓜递到我眼前了，瓜月早逝，久不闻瓜香了，这个瓜却熟透了，香气飘进鼻孔儿，简直要醉死我了，于是便乜斜着眼儿问是哪儿来的？他说是地当中水渠沿沿上结的。吃了瓜，我咂着嘴儿钻进地；顺渠埂终于发现了席大一片匍匐的瓜秧，绿叶儿碧盈盈的……看着看着，我生了疑：倘是父亲种的，为什么家里人都不知道呢？又干吗只种一棵，不掐尖，不整蔓，一任它疯长呢……沾抹在苞谷叶上干成了白粉粉的“！”状的鸟屎，突然间使我颖悟了：这不是种的！而是瓜月天里，鸟雀乘着奶奶看瓜时在凉棚下打午盹，就从树梢上飞下来偷啄香瓜……后来经空飞越苞谷地，大概吃多了，小尾巴一翘拉下一摊儿屎，其中裹挟着的瓜籽儿，就长成了这一秧不易为人觉察的香瓜——哎哟，原来如此！我五内作呕，翻肠倒肚，连午间的小米干饭都一骨脑儿吐了。父亲闻声从井台上赶过来，弄清了原委，望了望“愠怒”的我，笑了，且抚弄着瓜秧说道：“你瞧瓜籽有多能耐，从雀肚子出来还非要生个瓜儿不可。可惜秋快凉了，地力薄了，瓜儿也长不大。”

噢！物以类聚，人以群分，倔犟的父亲看重的是种子那顽强、执著的繁殖力量。父亲垦荒假如没有咬铁嚼钢的劲头，种子假如也没有落地生根的生命力，土地上的万种生物怎么会一代代往后遗传、向上发展呢？父亲与种子，正具备了永不停息的进化所必须的内在因素。

“外朴内华”的种子，蓄藏着染天染地的色彩。春天里翠树碧茵，鲜花瑰丽。到处是明媚、隽美的；秋季里棉絮雪白，铺陈似海，粮堆烁金，垛积成山……这色彩饱蘸着喜悦，染醉了多少张笑盈盈的脸庞哟！

种子里潜伏着惊天动地的力量。豌豆、黄豆饲肥了马群，壮马奔腾，飞跃千里；万担米粮运上了边塞，战士冲锋陷阵，足音雷鸣，撼动着大地；树籽入土长成树，擎天立地，有许多乃栋梁之材……人世间多少波澜壮阔、大气磅礴的景象，显示着种子是力的源泉。

种子丰厚的内蕴，正是父亲深沉的内涵。这是平凡与伟大的实体，朴素与壮美的合金。

春色与力量潜藏在种子里，而种子，握在父亲那结满厚茧的手掌中，因而，我喜欢那“布谷声声催春种”的季节。年画与剪纸上的“天女散花”，远不及父亲在原野上撒种时的姿影来得实在、真切。种子落地，如珠落锦衾，如雨打荷塘，唰啦啦响……偌大的田亩上，既没有双粒聚触的现象，更不见牛蹄印大的空白地块，排布之均匀，实可谓妙手神工。抬头看吧，只见父亲迈步稳重而端正，双眸前视而平正，左臂拎斗，右手撒种，每跨出两步，手儿便抛出一把，缓急有度；划弧定型，种子散作扇面状，宛若神奇的金光宝扇，迷离恍惚，若虚若隐，扑闪扑闪在地表上抖动……在牛铃叮咚叮咚的清晨，地气浮笼在湿漉漉的田野上，父亲那坚实的步伐跨在最前边，在他身后，是骡马的咴咴声、踢踏声，是男男女女的欢笑声、嬉闹声，是铧犁翻动土地的啪啪声——这是春天大踏步地君临人间的脚步声！

雁来雁去，春种秋收。秋日里绽开的丰收画卷更迷人。深红的高粱，黄澄澄的谷穗，大张嘴的棉桃；让红薯、洋芋、落花生，青头萝卜硬是挤裂了缝儿的地皮；给柿子、核桃压翻了枝丫的大树……从尺把深的地下到数丈高的空中，果实累累，使得整个大地都显得沉甸甸的，一切都在期待人们来挖掘，来采摘，来收获，父亲与他的伙伴们，浑身像着了火！有一天黄昏，我正在井台上修水泵，父亲从禾场上闯来了，头上的华发沾着高粱皮儿，沟壑一样的皱纹里夹带着谷子壳儿，汗水涔涔的，眼也网着红丝，他咧开厚厚的嘴唇冲着我一笑，就爬在泵头上掬饭沁骨凉的清水，牛饮一通，巴咂巴咂嘴巴，大手一抹，又转个身往场上扑去，那身势像猛虎扑山崖似的……禾场上空正一轮皓月，皎浩明润，从东山脊上冉冉升起。

就这样，播了收，收了种，“春种一粒粟，秋收万颗籽”，一茬接一茬的无限壮美的收获，支持着历史车轮的新的进程——我那身板结实而口舌木讷的父亲，披星戴月，餐风饮露，在广漠的原野上也不知不觉地送走了自己的英壮之年。他下世时，碰巧是个龙口夺食的五月天，见我们弟兄仨围在炕前直抹泪，就喃喃地交代了最后的话：“我走了。给我墓坑里搁一碗种子。”

那天下午安葬了父亲，暮色中我们就虎势势地上了禾场。东南风起了，三柄木锨在月下此起彼落地扬麦种，种子的雨从天降落，打在我们的草帽上，打在场地的席包上，打在就近的桑杈、扫帚上，像金豆豆似的，沙啦啦响……

父亲·童年

林语堂

我已说过，我父亲是一个基督教的牧师，但是一个迥非寻常的。他最好的德性，乃是他极爱他的教友。他之所以爱众人，并不是以此为对上帝应尽之责，他只是真心真情地爱他们，因为他自己也是由穷家出身的。我在这简略的自传之中也不能不说出这句话，因为我以为是十分重要的。有些生长于都市而自号为普罗作家者尝批评我，说我不懂得平民的生活，只因在我的文章里面常说及江上清风与山间明月之故，不禁令我发笑；在他们看来，好像清风明月乃资本家有闲阶级的专利品。可是先祖母原是一个农家妇，膂力甚强，尝以一枝竹竿击败十余男子汉，而将他们驱出村外。我父亲呢，他在童时曾做过卖糖饵的小贩，曾到牢狱中卖米，又曾卖过竹笋。他深晓得肩挑重担的滋味，他常常告诉我们这些故事，尤其是受佣于一个没有慈悲心的雇主之下的经验，好作我们后生小子务须行善的教训。因这缘故，他对于穷人常表同情。甚至在年老之时，他有一次路见不平，要同一个抽税的人几乎打起来。因为有一老头儿费了三天工夫到山斩了一担柴，足足跑了廿里路，而到墟场只要卖二百文铜钱，而那抽税者竟要勒索他一百廿文。我母亲也是一个最简朴不过的妇人，她虽然因是牧师的妻子而在村里有很高的地位，可是她不晓得摆架子是什么一回事的。好常常同农人和樵夫们极开心地谈话。这也是我父亲的习惯。他两口子常常邀请他们到家里喝茶，或吃中饭，我们相处都是根据极为友善的和完全平等的原则。

在内地农村里当牧师，无异是群羊的牧人，其工作甚饶意义。我父亲不仅是讲坛上的宣教者，而且是村民争执中的排难解纷者，民刑讼事中的律师，和村民家庭生活中大小事务之帮闲的人。他常常不断地为人做媒，他最喜欢做的事就是令鳏夫寡妇成婚；如果不是在本村礼拜堂中，就是远在百里外的教堂中。在礼拜堂的教友心中，他很神秘地施行佛教僧人的作用。据村民陋习，凡有失足掉下野外毛厕里的，必须请一僧人为其换套新衣服，改换一条新的红绳为其打辫子，又由僧人给他一碗汤面吃，如此可以逢凶化吉。有一天，我们教会里有一个小童掉在毛厕里，因为我父亲要取僧人的地位而代之，所以他便要替他打红绳辫子，而我母亲又给他做了一碗汤面。我不相信我父亲所传给那些农民的基督教，和他们男男女女一向所信奉的佛教有甚么分别，我不知道他的神学立场究竟是怎样，但是他的一片诚心，确无问题，——只须听听他晚上祷告的声音言辞便可信了。然而也许连他自己也不知道他的为情势所逼，要宣传独一种的宗教而为农民所能明白的。这位基督教的上帝，犹如随便那一所寺庙中的佛爷，是可以治病、赐福，而尤为重要的乃是可以赐给人家许多男孩的。他常对教友们指出好些基督徒虽受人逼害，但结果是财运亨通而且子息繁多的。在村民之信教者看来，如果基督教没有这些效力，简直全无意义的了。又有不少的信徒是来到治外法权的藩篱影子底下而求保护的。今日我已能了解有些反基督教者对于我们的仇恨了，然而在那时却不明白。

有一个在我生命中影响绝大决定命运的人物——那就是一个外国教士 Young J.Allen。他自己不知道他的著作对于我全家的人有何影响；我在早年知道他的中国名字叫作林乐知——似与我们同姓本家，直至近年，我才知道他的本名。大概他是居于苏州的一个教士，主编一个基督教周刊——《通问报》，兼与华人助手蔡尔康翻译了好几种书籍。我父亲因受了范礼文牧师（Rev.W.I.wsmshuis）的影响而得初识所谓“新学”，由是追求新知识之心至为热烈。林乐知先生的《通问报》，报费每年一元，独为吾父之财力所能定阅的。而范礼文牧师与呈父最友善，将其所能得到的“新学”书籍尽量介绍。他藉林乐知的著作而对于西方及西洋的一切东西皆极为热心，甚至深心钦羡英国维多利亚后期的光荣，复因而决心要他的儿子个个读英文和得受西洋教育。我想他对于一切新东西和全世界之好奇之心和诧异之情，当不在我个人之下。

一日，他在那周刊上看见一个上海女子所写的一篇论说。他放下周刊，叹一口气，说：“哦，我怎能够得着一个这样的媳妇呢！”他忘记他原来有一个一样聪明而苦心求得新教育的亲生女儿呢。只有他因经济支绌，又要几个男孩得受高等教育，也是莫可奈何，这我也不能埋怨他啊。令他自己的女儿不能受大学教育，是他一生最痛心的大憾事。这是做父亲的才能明白。我还记得当他变卖我们在漳州最后的一座小房子，以供给我哥哥入圣约翰大学之时，他泪流满面。在那时，送一个儿子到上海入大学读书，实为厦门人所罕见的事，这可显出他极热的心肠和远大的眼光了。而在一个牧师，每月受薪仅得十六至二十元（只是我如今给家中仆人或厨子的工金），更是难之又难了。然而领得一个学额，加以变卖旧产，却筹得送家兄入大学之最低额的学费了。后来家兄帮助我，而我又转而帮助我弟弟，这就是我们弟兄几人得受大学教育的机缘，然而各人尚须幸得领受学额才能过得去。

我由基督教各传教所领受的恩惠可以不必说出来的了。我在厦门寻源书院所受的中学教育是免费的；照我所知，在那里历年的膳费也是免缴的。我欠教会学校一笔债；而教会学校（在厦门的）也欠我一笔债，即是不准我看中国戏剧。因为我在基督教的童年时代，站在戏台下或听盲人唱梁山伯祝英台恋爱故事，乃是一种罪孽。不过这笔债不能算是大的；他们究竟给我一个出身的机会，而我现在正图补救以前的损失，赶上我的信邪教的同胞，以求与他们同样识理中国的戏剧、音乐和种种民间传说。到现在，我关于北平戏剧的知识还有很大的缺憾。在拙著《吾国吾民》一书中，我已写出，当我在廿岁之前，我知道古犹太国约书亚将军吹倒耶利哥城的故事，可是直至卅余岁才知孟姜女哭夫以至泪冲长城的传说。我早就知道耶和华令太阳停住以使约书亚杀完迦南人，可是向不知后羿射日什落其九，而其妻嫦娥奔月遂为月神，与乎女娲氏炼石——以三百六十五块石补天，其后她所余的那第三百六十六块石便成为《红楼梦》中的主人宝玉等等故事。这些都是我后来在书籍中零零碎碎看得，而非由童年时从盲人歌唱或戏台表演而得的。这样，谁人又能理会我心中愤恨，满具被人剥夺我得识中国神话的权利之感觉呢？然而，我刚说过，传教士给我出身的机会，后为我大有时间以补足所失，因为年纪愈长，求知愈切，至今仍然保留小孩子的好奇心啊。多谢上天，我还没有失了欣赏“米老鼠”漫画或是中国神仙故事之能力。

童　年

我生于 1895 年（光绪二十一年）。时值清末，光绪皇帝还活着，慈禧太后正享受最后的荣华。中日甲午战争，中国兵败，那年根据《马关条约》把台湾割让给日本。慈禧太后挪用中国海军的预算，修建颐和园。根据记载，有一艘炮艇被敌军掳获，船上只有两发炮弹。腐败的满清官僚曾向大大小小的国家购买弹药，弄得元气大伤。日本在明治天皇的领导下，大事革新，1840 年打赢了日俄战争，清朝的行尸走肉还是行尸走肉。

我生于福建南部平和县的坂仔乡（漳州龙溪）。下列几件事对我的童年影响最大：一、山景。二、家父，不可思议的理想主义者。三、亲情似海的基督教家庭。

……

父亲是无可救药的乐天派，感觉灵敏，想象力很强，而且十分幽默。在长老会牧师群中，父亲以超进步而知名，当年厦门没有几个小伙子听说过圣约翰大学，他却送孩子到上海接受英文教育。他身材短小精壮，前额突出，配上匀称的下巴和弯曲的胡子。就我记忆所及，我十岁的时候，他已经五十多岁了。最特别的是他在同辈牧师面前的悠然笑貌。他对子女很和气，但是尽量维持老父母的威严，却也不时说个笑话给我们听，或者把一碟菜推到母亲面前，间或夹夹菜给她。厦门是 1849 年最先开放传教的五个港口之一。他曾说起厦门先锋牧师塔玛奇博士（Dr·Talmage）的笑话。当时教堂分为男女两席。一个闷热的下午，他正在讲道，看见男信徒都睡着了。女信徒则七嘴八舌在聊天，没有人听讲。塔玛奇博士欠身说，“如果姐妹们别再大声讲话，这一边的男信徒就可以舒舒服服睡一个午觉了。”

父亲深得漳州基督教友的敬爱。他说话直截了当，一般人都听懂。

就我所知，父亲是自力更生的人。他曾在街上卖糖果，也曾卖米给囚犯，利润很高。他还将五里沙的竹子卖到漳州，两地距离十英里或十五英里左右。他肩膀上有一道扛竹竿造成的凹痕，一直没有消失。有一次，人家要他做个人情，从五里沙挑一担东西给一位基督教牧师。这位教友对小孩子毫不留情，挑子压得好重，锅啊盆啊都放在里边，还说，“乖，你挑得动。这才乖。”直到今天，他还记得大热天下午挑的那一副担子。所以他一直为劳工讲话。

我记得他曾和当地的税务官吵了一架，那个人领有执照，可以在五天一次的乡村市集中任意收税。有一个人去卖火柴。那个山地人得将货品挑到市集，得花三天砍柴，劈柴，熏成木炭。一捆卖两百文钱，居然要抽一百二十文的税金。父亲刚好走过。看穷人受欺侮，他打抱不平，和税务官吵了一架。群众都来围观。最后那个税务官看父亲年高望重，答应减收——我不知道减了多少。父亲回来谈起这件事，还深恨那名税务官欺侮人。

背　影

朱自清

我与父亲不相见已二年余了，我最不能忘记的是他的背影。那年冬天，祖母死了，父亲的差使也交卸了，正是祸不单行的日子，我从北京到徐州，打算跟着父亲奔丧回家。到徐州见着父亲，看见满院狼藉的东西，又想起祖母，不禁簌簌地流下眼泪。父亲说："事已如此，不必难过，好在天无绝人之路！"

回家变卖典质，父亲还了亏空；又借钱办了丧事。这些日子，家中光景很是惨淡。一半为了丧事，一半为了父亲赋闲。丧事完毕，父亲要到南京谋事，我也要回到北京念书，我们便同行。

到南京时，有朋友约去游逛，勾留了一日；第二日上午便须渡江到浦口，下午上车北去。父亲因为事忙，本已说定不送我，叫旅馆里一个熟识的茶房陪我同去。他再三嘱咐茶房，甚是仔细。但他终于不放心，怕茶房不妥贴；颇踌躇了一会。其实我那年已二十岁，北京已来往过两三次，是没有什么要紧的了。他踌躇了一会，终于决定还是自己送我去。我两三回劝他不必去；他只说，“不要紧，他们去不好！”

我们过了江，进了车站。我买票，他忙着照看行李。行李太多了，得向脚夫行些小费，才可过去。他便又忙着和他们讲价钱。我那时真是聪明过分，总觉他说话不大漂亮，非自己插嘴不可。但他终于讲定了价钱；就送我上车。他给我拣定了靠车门的一张椅子；我将他给我做的紫毛大衣铺好坐位。他嘱我路上小心，夜里要警醒些，不要受凉。又嘱托茶房好好照应我。我心里暗笑他的迂；他们只认得钱，托他们真是白托！而且我这样大年纪的人，难道还不能料理自己么？唉，我现在想想，那时真是太聪明了。

我说道：“爸爸，你走吧。”他往车外看了看，说，“我买几个橘子去。你就在此地，不要走动。”我看那边月台的栅栏外有几个卖东西的等着顾客。走到那边月台，须穿过铁道，须跳下去又爬上去。父亲是一个胖子，走过去自然要费事些。我本来要去的，他不肯，只好让他去。我看见他戴着黑布小帽，穿着黑布大马褂，深青布棉袍，蹒跚地走到铁道边，慢慢探身下去，尚不大难。可是他穿过铁道，要爬上那边月台，就不容易了。他用两手攀着上面，两脚再向上缩；他肥胖的身子向左微倾，显出努力的样子。这时我看见他的背影，我的泪很快地流下来了。我赶紧拭干了泪，怕他看见，也怕别人看见。我再向外看时，他已抱了朱红的橘子往回走了。过铁道时，他先将橘子散放在地上，自己慢慢爬下，再抱起橘子走。到这边时，我赶紧去搀他。他和我走到车上，将橘子一股脑儿放在我的皮大衣上。于是扑扑衣上的泥土，心里很轻松似的，过一会说："我走了；到那边来信！"我望着他走出去。他走了几步，回过头看见我，说，"进去吧，里边没人。"等他的背影混入来来往往的人里，再找不着了，我便进来坐下，我的眼泪又来了。

近几年来，父亲和我都是东奔西走，家中光景是一日不如一日。他少年出外谋生，独立支持，做了许多大事。那知老境却如此颓唐！他触目伤怀，自然情不能自已。情郁于中，自然要发之于外；家庭琐屑便往往触他之怒。他待我渐渐不同往日。但最近两年的不见，他终于忘却我的不好，只是惦记着我，惦记着我的儿子。我北来后，他写了一信给我，信中说道，"我身体平安，惟膀子疼痛利害，举箸提笔，诸多不便，大约大去之期不远矣。"我读到此处，在晶莹的泪光中，又看见那肥胖的，青布棉袍，黑布马褂的背影。唉！我不知何时再能与他相见！

1925年10月在北京

忆儿时（节录）

丰子恺

第二件不能忘却的事，是父亲的中秋赏月，而赏月之乐的中心，在于吃蟹。

我的父亲中了举人之后，科举就废，他无事在家，每天吃酒，看书。他不要吃羊、牛、猪肉，而喜欢吃鱼、虾之类，而对于蟹，尤其喜欢。自七八月起直到冬天，父亲平日的晚酌规定吃一只蟹，一碗隔壁豆腐店里买来的开锅热豆腐干。他的晚酌，时间总在黄昏。八仙桌上一盏洋油灯，一把紫砂酒壶，一只盛热豆腐干的碎瓷盖碗，一把水烟筒，一本书，桌子角上一只端坐的老猫，我脑中这印象非常深刻，到现在还可以清楚地浮现出来。我在旁边看，有时他给我一只蟹脚或半块豆腐干。然我喜欢蟹脚。蟹的味道真好，我们五个姊妹兄弟，都喜欢吃，也是为了父亲喜欢吃的原故。只有母亲与我们相反，喜欢吃肉，而不喜欢又不会吃蟹，吃的时候常常被蟹螯上的刺刺开手指，出血；而且抉剔得很不干净，父亲常常说她是外行。父亲说：吃蟹是风雅的事，吃法也要内行才懂得。先折蟹脚，后开蟹斗……脚上的拳头（即关节）里的肉怎样可以吃干净，脐里的肉怎样可以剔出……脚爪可以当作剔肉的针……蟹螯上的骨头可以拼成一只很好看蝴蝶……父亲吃蟹真是内行，吃得非常干净。所以陈妈妈说：“老爷吃下来的蟹壳，真是蟹壳。”

蟹的储藏所，就在天井角落里的缸里，经常总养着十来只。到了七夕、七月半、中秋、重阳等节候上，缸里的蟹就满了；那时我们都有得吃，而且每人得吃一大只，或一只半。尤其是中秋一天，兴致更浓。在深黄昏，移桌子到隔壁的白场上的月光下面去吃。更深人静，明月底下只有我们一家的人，恰好围成一桌，此外只有一个供差使的红英坐在旁边。大家谈笑，看月亮，他们——父亲和诸姐——直到月落时光，我则半途睡去，与父亲和诸姐不分而散。

这原是为了父亲嗜蟹，以吃蟹为中心而举行的。故这种夜宴，不仅限于中秋，有蟹的节季里的月夜，无端也要举行数次。不过不是良辰佳节，我们少吃一点，有时两人分吃一只。我们都学父亲，剥得很精细，剥出来的肉不是立刻吃的，都积受在蟹斗里，剥完之后，放一点姜醋，拌一拌，就作为下饭的菜，此外没有别的莱了。因为父亲吃菜是很省的，而且他说蟹是至味，吃蟹时混吃别的菜肴，是乏味的。我们也学他，半蟹斗的蟹肉，过两碗饭还有余，就可得父亲的称赞，又可以白口吃下余多的蟹肉，所以大家都勉励节省。现在回想那时候，半条蟹腿肉要过两大口饭，这滋味真好！自父亲死了以后，我不曾再尝这种好滋味。现在，我已经自己做父亲，况且已经茹素，当然永远不会再尝这滋味了。唉！儿时欢乐，何等使我神往！

然而这一剧的题材，仍是生灵的杀虐！因此这回忆一面使我永远神往，一面又使我永远忏悔。

旅人的心

鲁　彦

或是因为年幼善忘，或是因为不常见面，我最初几年中对父亲的感情怎样，一点也记不起来了。至于父亲那时对我的爱，却从母亲的话里就可知道。母亲近来显然在深深地记念父亲，又加上年纪老了，所以一见到她的小孙儿吃牛奶，就对我说了又说：

“正是这牌子，有一只老鹰！……你从前奶子不够吃，也吃的这牛奶。你父亲真舍得，不晓得给你吃了多少，有一次竟带了一打来，用木箱子装着。那是比现在贵得多了。他的收入又比你现在的少……”

不用说，父亲是从我出世后就深爱着我的。

但是我自己所能记忆的我对于父亲的感情，却是从六七岁起。

父亲向来是出远门的。他每年只回家一次，每次约在家里住一个月。时期多在年底年初。每次回来总带了许多东西：肥皂、蜡烛、洋火、布匹、花生、豆油、粉干……都够一年的吃用。此外还有专门给我的帽子、衣料、玩具；纸笔、书籍……

我平日最喜欢和姊姊吵架，什么事情都不能安静，常常挨了母亲的打，也还不肯屈服。但是父亲一进门，我就完全改变了，安静得仿佛天上的神到了我们家里，我的心里充满了畏惧，但又不像对神似的慑于他的权威，却是在畏惧中间藏着无限的喜悦，而这喜悦中间却又藏着说不出的亲切的。我现在不再叫喊，甚至不大说话了；我不再跳跑，甚至连走路的脚步也十分轻了；什么事情我该做的，用不着母亲说，就自己去做好；什么事情我该对姊姊退让的，也全退让了。我简直换了一个人，连自己也觉得：聪明，诚实，和气，勤力。

父亲从来不对我说半句埋怨话，他有着洪亮而温和的音调。他的态度是庄重的，但脸上没有威严却是和气。他每餐都喝一定分量的酒。他的皮肤的血色本来很好，喝了一点酒，脸上就显出一种可亲的红光。他爱讲故事给我听，尤其是喝酒的时候常常因此把一顿饭延长了一二个钟点。他所讲的多是他亲身的阅历，没有一个故事里不含着诚实，忠厚，勇敢，耐劳。他学过拳术，偶然也打拳给我看，但他接着就讲打拳的故事给我听；学会了这一套不可露锋芒，只能在万不得已时用来保护自己。父亲虽然不是医生，但因为祖父是业医的，遗有许多医书，他一生就专门研究医学。他抄写了许多方子，配了许多药，赠送人家，常常叫我帮他的忙。因此我们的墙上贴满了方子，衣柜里和抽屉里满是大大小小的药瓶。

一年一度，父亲一回来，我仿佛新生了一样，得到了学好的机会：有事可做也有学问可求。

然而这时间是短促的。将近一个月他慢慢开始整理他的行装，一样一样的和母亲商议着别后一年内的计划了。

到了远行的那夜一时前，他先起了床，一面打扎着被包箱夹，一面要母亲去预备早饭。二时后，吃过早饭，就有划船老大在墙外叫喊起来，是父亲离家的时候了。

父亲和平日一样，满脸笑容。他确信他这一年的事业将比往年更好。母亲和姊姊虽然眼眶里贮着惜别的眼泪，但为了这是一个吉日，终于勉强地把眼泪忍住了。只有我大声啼哭着，牵着父亲的衣襟，跟到了大门外的埠头上。

父亲把我交给母亲，在灯笼的光中仔细地走下石阶，上了船，船就静静地离开了岸。

“进去吧，很快就回来的，好孩子。”父亲从船里伸出头来，说。

船上的灯笼熄了，白茫茫的水面上只显出一个移动着的黑影。几分钟后，它迅速地消失在几步外的墙的后面。一阵关闭船篷声，接着便是渐远渐低的咕呀咕呀的桨声。

“进去吧，还在夜里呀。”过了一会，母亲说着，带了我和姊姊转了身。“很快就回来了，不听见吗？留在家里，谁去赚钱呢？”

其实我并没想到把父亲留在家里，我每次是只想跟父亲一道出门的。

父亲离家老是在夜里，又冷又黑。想起来这旅途很觉可怕。那样的夜里，岸上是没有行人也没有声音的，倘使有什么发现，那就十分之九是可怕的鬼怪或恶兽。尤其是在河里，常常起着风，到处都潜着吃人的水鬼。一路所经过的两岸大部分极其荒凉，这里一个坟墓，那里一个棺材，连白天也少有行人。

但父亲却平静地走了，露着微笑。他不畏惧，也不感伤，他常说男子汉要胆大量宽，而男子汉的眼泪和珍珠一样宝贵。

一年一年过去着，我渐渐大了，想和父亲一道出门的念头也跟着深起来，甚至对于夜间的旅行起了好奇和羡慕。到了十四五岁，乡间的生活完全过厌了，倘不是父亲时常寄小说书给我，我说不定会背着母亲私自出门远行的。

十七岁那年的春天，我终于达到了我的志愿。父亲是往江北去，他送我到上海。那时姊姊已出了嫁生了孩子，母亲身边只留着一个五岁的妹妹。她这次终于遏抑不住情感，离别前几天就不时流下眼泪来，到得那天夜里她伤心的哭了。

但我没有被她的眼泪所感动。我很久以前听到我可以出远门就在焦急地等待着那日子。那一夜我几乎没有合眼，心里充满了说不出的快乐。我满脸笑容，跟着父亲在暗淡的灯笼光中走出了大门。我没注意母亲站在岸上对我的叮嘱，一进船舱，就像脱离了火坑一样。

“竟有这样硬心肠，我哭着，他笑着！”

这是母亲后来常提起的话。我当时欢喜什么，我不知道。我只觉得心里十分的轻松，对着未来，有着模糊的憧憬，仿佛一切都将是快乐的，光明的。

“牛上轭了！”

别人常在我出门前就这样的说，像是讥笑我，像是怜悯我。但我不以为意。我觉得那所谓轭是人所应该负担的。我勇敢地挺了一挺胸部，仿佛乐意地用两肩承受了那负担，而且觉得从此才成为一个“人”了。

夜是美的。黑暗与沉寂的美。从篷隙里望出去，看见一幅黑布蒙在天空上，这里那里镶着亮晶晶的珍珠。两岸上缓慢地往后移动的高大的坟墓仿佛是保护我们的炮垒，平躺着的草扎的和砖盖的棺木就成了我们的埋伏的卫兵。树枝上的鸟巢里不时发出嘁嘁的拍翅声和细碎的鸟语，像在庆祝着我们的远行。河面上一片白茫茫的光微微波动着，船像在柔软轻漾的绸子上滑了过去。船头下低低地响着淙淙的波声，接着是咕呀咕呀的前桨声和有节奏的嚓嚓嚓嚓的后桨拨水声。清洌的水的气息，重浊的泥土的气息和复杂的草木的气息在河面上混合成了一种特殊的亲切的香气。

我们的船弯弯曲曲地前进着，过了一桥又一桥。父亲不时告诉着我，这是什么桥，现在到了什么地方。我静默地坐着，听见前桨暂时停下来，一股寒气和黑影袭进舱里，知道又过了一个桥。

一小时以后，天色渐渐转白了，岸上的景物开始露出明显的轮廓来，船舱里映进了一点亮光，稍稍推开篷，可以望见天边的黑云慢慢地变成了灰白色，浮在薄亮的空中。前面的山峰隐约地走了出来，然后像一层一层地脱下衣衫似的，按次地露出了山腰和山麓。

“东方发白了。”父亲喃喃地念着。

白光像凝定了一会，接着就迅速地揭开了夜幕，到处都明亮起来。现在连岸上的细小的枝叶也清晰了。星光暗淡着，稀疏着，消失着。白云增多了，东边天上渐渐变成了紫色，红色。天空变成了蓝色。山是青的，这里那里迷漫着乳白色的烟云。

我们的船驶进了山峡里，两边全是繁密的松柏、竹林和一些不知名的常青树。河水渐渐清浅，两边露出石子滩来，前后左右都驶着从各处来的船只。不久船靠了岸，我们完成了第一段的旅程。

当我踏上埠头的时候，我发现太阳已在我的背后。这约莫二小时的行进，仿佛我已经赶过了太阳，心里暗暗地充满了快乐。

完全是个美丽的早晨。东边山头上的天空全红了，紫红的云像是被小孩用毛笔乱涂出的一样，无意地成了巨大的天使的翅膀。山顶上一团浓云的中间露出了一个血红的可爱的紧合着的嘴唇，像在等待着谁去接吻。西边的最高峰上已经涂上了明耀的光辉。平原上这里那里升腾着白色的炊烟，雾一样。埠头上忙碌着男女旅客，成群地往山坡上走了去。挑夫、轿夫喊着道，追赶着，跟随着，显得格外的紧张。

就在这热闹中，我跟在父亲的后面走上了山坡，第一次远离故乡跋涉山水，去探问另一个憧憬着的世界，勇往地肩起了“人”所应负的担子。我的血在沸腾着，我的心是平静的，平静中含着欢乐。我坚定地相信我将有一个光明的伟大的未来。

但是暴风雨卷着我的旅程，我愈走愈远离了家乡。没有好的消息给母亲，也没有如母亲所期待的三年后回到家乡。一直过了七八年，我才负着沉重的心，第一次重踏到生长我的土地。那时虽走着出门时的原来路线，但山的两边的两条长的水路已经改驶了汽船，过岭时换了洋车。叮叮叮叮的铃子和呜呜的汽笛声激动着旅人的心。

到得最近，路线完全改变了。山岭已给铲平，离开我们村庄不远的地方，开了一条极长的汽车路。她把我们旅行的时间从夜里二时出发改做了午后二时。然而旅人的心愈加乱了，没有一刻不是强烈地被震动着。父亲出门时是多么的安静，舒缓，快乐，有希望。他有十年二十年的计划，有安定的终身的职业。而我呢？紊乱，匆忙，忧郁，失望，今天管不着明天，没有一种安定的生活。

实际上，父亲一生是劳碌的，他独自负荷着家庭的重任，远离家乡一直到他七十岁为止。到得将近去世的几年中，他虽然得到了休息，但还依然刻苦地帮着母亲治理杂务。然而，他一生是快乐的。尽管天灾烧去了他亲手支起的小屋，尽管我这个做儿子的时时在毁损着他的遗产，因而他也难免起了一点忧郁，但他的心一直到临死的时候为止仍是十分平静的。他相信着自己，也相信着他的儿子。

我呢？我连自己也不能相信。我的心没有一刻能够平静。

当父亲死后二年，深秋的一个夜里二时，我出发到同一方向的山边去，船同样地在柔软轻漾的绸子似的水面滑着，黑色的天空同样地镶着珍珠似的明星，但我的心里却充满了烦恼，忧郁，凄凉，悲哀，和第一次跟着父亲出远门时的我仿佛是两个人了。

原来我这一次是去掘开父亲给自己造成的坟墓，把他永久地安葬的。

滕回生堂今昔

沈从文

我六岁左右时害了疳疾，一张脸黄僵僵的，一出门身背后就有人喊“猴子猴子”。回过头去搜寻时，人家就咧着白牙齿向我发笑。扑拢去打吧，人多得很。装作不曾听见吧，那与本地人的品德不相称。我很羞愧，很生气。家中外祖母听从佣妇、挑水人、卖炭人与隔邻轿行老妇人出主意，于是轮流要我吃热灰里焙过的“偷油婆”、“使君子”，吞雷打枣子木的炭粉，黄纸符烧纸的灰渣，诸如此类药物，另外还逼我诱我吃了许多古怪东西。我虽然把这些很稀奇的丹方试了又试，蛔虫成绞成团的排出，病还是不得好，人还是不能够发胖；照习惯说来，凡为一切药物治不好的病，便同“命运”有关。家中有人想起了我的命运，当然不乐观。

关心我命运的父亲，特别请了一个卖卦算命土医生来为我推算流年，想法禳解命根上的灾星。这算命人把我生辰干支排定后，就向我父亲建议：

“大人，把少爷拜给一个吃四方饭的人作干儿了，每天要他吃刁皮草蒸鸡肝，有半年包你病好。病不好，把我回生堂牌子甩了丢到大河潭里去！”

父亲既是个军人，毫不迟疑的回答说：

“好，就照你说的办。不用找别人，今天日子好，你留在这里喝酒，我们打了干亲家吧。”

两个爽快单纯的人既同在一处，我的命运便被他们派定了。

一个人若不明白我那地方的风俗，对于我父亲的慷慨处会觉得稀奇。其实这算命的当时若说：“大人，把少爷拜寄给城外碉堡旁大冬青树吧，”我父亲还是会照办的。一株树或一片古怪石头，收容三五十个寄儿，照本地风俗习惯，原是件极平常事情。且有人拜寄牛栏拜寄井水的，人神同处日子竟过得十分调和，毫无龃龉。

我那寄父除了算命卖卜以外，原来还是个出名草头医生，又是个拳棒家。尖嘴尖脸如猴子，一双黄眼睛炯炯放光，身材虽极矮小，实可谓心雄万夫。他把铺子开设在一城热闹中心的东门桥头上，字号名“滕回生堂”。那长桥两旁一共有二十四间铺子，其中四间正当桥垛墩，比较宽敞，许多年以前，他就占了有垛墩的一间。住处分前后两进，前面是药铺，后面住家。铺子中罗列有羚羊角、穿山甲、马蜂巢、猴头、虎骨、牛黄、马宝，无一不备。最多的还是那几百种草药，成束成把的草根木皮，堆积如山，一屋中也就长年为草药蒸发的香味所笼罩。

铺子里间房子窗口临河，可以俯瞰河里来回的柴炭船、米船、甘蔗船。河身下游约半里，有了转折，因此迎面对窗便是一座高山。那山头春夏之际作绿色，秋天作黄色，冬天则为烟雾包裹时作蓝色，为雪遮盖时只一片眩目白色。屋角隅陈列了各种武器，有青龙偃月刀、齐眉棍、连枷、钉耙。此外还有一个似桶非桶似盆非盆的东西，原来这是我那寄父年轻时节习站功所用的宝贝。他学习拉弓，想把腿脚姿势弄好，每个晚上蜷伏到那木桶里去熬夜。想增加气力，每早从桶中爬出时还得吃一条黄鳝的鲜血。站了木桶两整年，吃了黄鳝数百条，临到应试时，却被一个习武的仇人摘发他身分不明，取消了考试资格。他因此赌气离开了家乡，来到武士荟萃的凤凰县卖卜行医。为人既爽直慷慨，且能喝酒划拳，极得人缘，生涯也就不恶。作了医生尚舍不得把那个木桶丢开，可想见他还不能对那宝贝忘情。

他家中有个太太，两个儿子。太太大约一年中有半年都把手从大袖筒缩到衣里去，藏了一个小火笼在衣里烘烤，眯着眼坐在药材中，简直是一只大猫。两个儿子大的学习料理铺子，小的上学读书。两老夫妇住在屋顶，两个儿子住在屋下层桥墩上。地方虽不宽绰，那里也用木板夹好，有小窗小门，不透风，光线且异常良好。桥墩尖劈形处，石罅里有一架老葡萄树，得天独厚，每年皆可结许多球葡萄。另外还有一些小瓦盆，种了牛膝、三七、铁钉台、隔山消等等草药。尤其古怪的是一种名为“罂粟”的草花，还是从云南带来的，开着艳丽煜目的红花，花谢后枝头缀绿色果子，果子里据说就有鸦片烟。

当时一城人谁也不见过这种东西，因此常常有人老远跑来参观。当地一个拔贡还做了两首七律诗，赞咏那个稀奇少见的植物，把诗贴到回生堂武器陈列室板壁上。

桥墩离水面高约4丈，下游即为一潭，潭里多鲤里鳜鱼，两兄弟把长绳系个钓钩，挂上一片肉，夜里垂放到水中去，第二天拉起就常常可以得一尾大鱼。但我那寄父却不许他们如此钓鱼，以为那么取巧，不是一个男子汉所当为。虽然那么骂儿子，有时把钓来的鱼不问死活依然扔到河里去，有时也会把鱼煎好来款待客人。他常奖励两个儿子过教场去同兵将子弟寻衅打架，大儿子常常被人打得头破血流回来时，作父亲的一面为他敷那秘制药粉，一面就说：“不要紧，不要紧，三天就好了。你怎么不照我教你那个方法把那苗子放倒？”说时有点生气了，就在儿子额角上一弹，加上一点惩罚，看他那神气，就可明白站木桶考武秀才被屈，报仇雪耻的意识还存在。

我得了这样一个寄父，我的命运自然也就添了一个注脚，便是“吃药”了。我从他那儿大致尝了一百样以上的草药。假若我此后当真能够长生不老，一定便是那时吃药的结果。我倒应当感谢我那个命运，从一分吃药经验里，因此分别得出许多草药的味道、性质以及它们的形状。且引起了我此后对于辨别草木的兴味。其次是我吃了两年多鸡肝。这一堆药材同鸡肝，显然对于此后我的体质同性情都大有影响。

那桥上有洋广杂货店，有猪牛羊屠户案桌，有炮仗铺与成衣铺，有理发馆，有布号与盐号。我既有机会常常到回生堂去看病，也就可以同一切小铺子发生关系。我很满意那个桥头，那是一个社会的雏型，从那方面我明白了各种行业，认识了各样人物。凸子个大肚子胡须满腮的屠户，站在案桌边，扬起大斧“擦”的一砍，把肉剁下后随便一秤，就猛向人菜篮中掼去，“镇关西”式人物，那神气真够神气。平时以为这人一定极其凶横蛮霸，谁知他每天拿了猪脊髓到回生堂来喝酒时，竟是个异常和气的家伙！其余如剃头的、缝衣的，我同他们认识以后，看他们工作，听他们说些故事新闻，也无一不是很有意思。我在那儿真学了不少东西，知道了不少事情。所学所知比从私塾里得来的书本知识当然有趣得多，也有用得多。

那些铺子一到端午时节，就如我写《边城》故事那个情形，河下竞渡龙船，从桥洞下来回过身时，桥上有人用叉子挂了小百子鞭炮悬出吊脚楼，必必拍拍的响着。夏天河中涨了水，一看上游流下了一只空船，一匹牲畜，一段树木，这些小商人为了好义或好利的原因，必争着很勇敢的从窗口跃下，凫水去追赶那些东西。不管漂流多远，总得把那东西救出。关于救人的事，我那寄父总不落人后。

他只想亲手打一只老虎，但得不到机会。他说他会点穴，但从不见他点过谁的穴。一口典型的麻阳话，开口总给人一种明朗愉快印象。

民国二十二年旧历十二月十九日，距我同那座大桥分别时将近十二年，我又回到了那个桥头了。这是我的故乡，我的学校，试想想，我当时心中怎样激动！离城二十里外我就见着了那条小河。傍着小河溯流而上，沿河绵亘数里的竹林，发蓝叠翠的山峰，白白阳光下造纸坊与制糖坊，水磨与水车，这些东西皆使我感动得厉害！后来在一个石头碉堡下，我还看到一个穿号褂的团丁，送了个头裹孝布的青年妇人过身。那黑脸小嘴高鼻梁青年妇人，使我想起我写的《凤子》故事中角色。她没有开口唱歌，然而一看却知道这妇人的灵魂是用歌声喂养长大的。我已来到我故事中的空气里了，我有点儿痴。环境空气，我似乎十分熟悉，事实上一切都已十分陌生！

见大桥时约在下午两点左右，正是市面最热闹时节。我从一群苗人一群乡下人中拥挤上了大桥，各处搜寻没有发现“滕回生堂”的牌号。回转家中我并不提起这件事。第二天一早，我得了出门的机会，就又跑到桥上去，排家注意，终于在桥头南端，被我发现了一家小铺子。铺子中堆满了各样杂货，货物中坐定了一个瘦小如猴干瘪瘪的中年人。从那双眯得极细的小眼睛，我记起了我那个干妈。这不是我那干哥哥是谁？

我冲近他身边时，那人就说：

“唉，你要什么？”

“我要问你一个人，你是不是松林？”

里间屋孩子哭起来了，顺眼望去，杂货堆里那个圆形大木桶里，正睡了一对大小相等仿佛孪生的孩子。我万万想不到圆木桶还有这种用处，我话也说不来了。

但到后我告诉他我是谁，他把小眼睛愣着瞅了我许久，一切弄明白后，便慌张得只是搓手，赶忙让我坐到一捆麻上去。

“是你！是茂林！……”茂林是我干爹为我起的名字。

我说，“大哥，正是我！我回来了！老人家呢？”

“五年前早过世了！”

“嫂嫂呢？”

“六月里过去了！剩下两只小狗。”

“保林二哥呢？”

“他在辰州，你不见到他？他作了王村禁烟局长，有出息，讨了个乖巧屋里人，乡下买得三十亩田，作员外！”

我各处一看，卦桌不见了，横招不见了，触目全是草药。“你不算命了吗？”

“命在这个人手上，”他说时翘起一个大拇指。“这里人已没有命可算！”

“你不卖药了吗？”

“城里有四个官药铺，三个洋药铺。苗人都进了城，卖草药人多得很，生意不好作！”

他虽说不卖药了，小屋子里其实还有许多成束成捆的草药。而且恰好这时就有个兵士来买专治腹痛的“一点白”，把药找出给人后，他只捏着那两枚当一百的铜元，向我呆呆的笑。大约来买药的也不多了，我来此给他开了一个利市。

他一面茫然的这样那样数着老话，一面还尽瞅着我。忽然发问：

“你从北京来南京来？”

“我在北平做事！”

“做什么事？在中央，在宣统皇帝手下？”

我就告诉他，既不在中央，也不是宣统手下。他只作成相信不过的神气，点着头，且极力退避到屋角隅去，俨然为了安全非如此不成。他心中一定有一个新名词作祟：“你可是个共产党？”他想问却不敢开口，他怕事。他只轻轻的自言自语说：“城内前年杀了两个，一刀一个。那个韩安世是韩老丙的儿子。”

有人来购买烟扦，他便指点人到对面铺子去买。我问他这桥上铺子为什么都改成了住家户。他就告我，这桥上一共有十家烟馆，十家烟馆里还有三家可以买黄吗啡。此外又还有五家卖烟具的杂货铺。

一出铺子到城边时，我就碰一个烟帮过身。两连护送兵各背了本地制最新半自动步枪，人马成一个长长队伍，共约320余担黑货，全是从贵州来的。

我原本预备第二天过河边为这长桥摄一个影留个纪念，一看到桥墩，想起27年前那钵罂粟花，且同时想起目前那十家烟馆三家烟具店，这桥头的今昔情形，把我照相的勇气同兴味全失去了。

1934年12月作

悲哀的玩具

李广田

依然不记得年龄，只知道是小时候罢了。

我不曾离开过我的乡村——除却到外祖家去——而对于自己的乡村又是这样的生疏，甚且有着几分恐怖。虽说只是一个村子吧，却有着三四里长的大街，漫说从我家所在的村西端到街东首去玩，那最热闹的街的中段，也不曾有过我的足迹，那时候我的世界是那样狭小而又那样广漠呀。

父亲在野外忙，母亲在家里忙，剩下的只有老祖母，她给我说故事，唱村歌，有时听着她的纺车声嗡嗡地响着，我便独自坐在一旁发呆。这样的，便是我的家了。

我也常到外面去玩，但总是自己一个。街上的孩子们都不和我一块游戏，即使为了凑人数而偶尔参加进去，不幸，我却每是作了某方面失败的原因，于是自己也觉得无趣了。

起初是怕他们欺侮我，也许，欺侮了无能的孩子便不英雄吧，他们并不曾对我有什么欺侮，只是远离着我，然而这远离，就已经是向我欺侮了。时常，一个人踽踽地沿着墙角走回家去，“他们不和俺玩”，这样说着一头扑在了祖母的怀里，祖母摸着我的头顶，说，“好孩子，自己玩吧。”

虽然还是小孩子，寂寞的滋味是知道得很多了。到了成年的现在，也还是苦于寂寞，然而这寂寞已不是那寂寞，现在想起那孩子时代的寂寞，也觉得是颇可怀念的了。

父亲老是那么阴沉，那么严峻，仿佛历来就不曾看见过他有笑脸。母亲虽然是爱我——我心里如是想——但她从未背着父亲给我买过糖果，只说：“见人家买糖果就得走开。”虽然幼小，也颇知道母亲的用心了，见人家大人孩子围着敲糖锣的担子时，我便咽着唾沫，幽手幽脚地走开；后来，只要听到外面有糖锣声，便不再出门去了。

实际上说来，那时候也就只有祖母一个人是爱我的，她尽可能地安慰我，如用破纸糊了小风筝，用草叶作了小笛，用秫秸扎了车马之类，都很喜欢。某日，我刚从外边回家，她老远地用手招我，低声说，“来。”

我跑去了，“什么呢，奶奶？”我急喘地问。

“玩艺儿，孩子。”

说着，从针线筐里取出一包棉花，伸开看时，里面却是包着一只小麻雀。我简直喜得雀跃了。

“哪来的麻雀呀，奶奶？”

“拾的，从檐下。八成是它妈妈从窝里带出来的。”

“怎么带到地下来？”

“傻孩子！大麻雀在窝里抱它，要到外面去给它打食，不料出窝时飞得太猛了，就把它带了出来，几乎把它摔死哩。”

我半信半疑地，心里有点黯然了，原是只不幸的小麻雀呀，然而我有了好玩具了。立刻从床下取出了小竹筐，里面铺了棉花，上面蒙了布片，这就是我的鸟笼了。饿了便喂它，我吻它那黄嘴角；不饿也喂它，它却不开口了。携了竹筐在院里走来走去，母亲见了说：“你可有了好玩物了！”

这时，我心里暗暗地想道：那些野孩子，要远离就远离了吧，今后我就不再出门了，反正家里有祖母，又有了这玩物，要它长大起来能飞的时候就更好了。

晌午，父亲从野外归来，照例，一见他便觉得不快，但，我又怎晓得养麻雀是不应当呢！

“什么？”父亲厉声问。

“麻——雀——。”我的头垂下了。

“拿过来！”话犹未了，小竹筐已被攫去了；不等我抬起头来，只听忽地一声，小竹筐已经飞上了屋顶。

我自然是哭了，哭也不敢高声，高声了不是就要挨打吗？当这些场合，母亲永远站在父亲一边，有时还说“狠打！狠打！”似乎又痛又恨的样子。有时候母亲也曾为了我而遭父亲的拳脚，这样的心，在作为小孩子的我就不大懂得了。最后，还是倒在祖母怀里去啜泣。这时，父亲好像已经息怒，只远远地说："小孩子家，糟践信门，还不给我下地去拾草去！"接着是一声叹气。

祖母低声骂着，说，"你爹不是好东西，上不痛老的，下不痛小的，只知道省吃俭用敲坷拉！不要哭了，好孩子，到明天奶奶爬树给你摸只小野鹊吧。"说着，给我擦眼泪。

哭一阵，什么也忘了，反正，这类事是层出不穷的。究竟那只小麻雀的下落怎样，已经不记得了。似乎到了今日才又关心到了二十年前的那只小麻雀，那只不幸的小麻雀，我觉得它是更可哀的了，离开了父母的爱，离开了兄弟姊妹，离开了温暖的巢穴被老祖母捡到了我的小竹筐里，不料又被父亲给抛到那荒凉的屋顶上去，寂寞的小鸟，没有爱的小鸟，遭了厄运的小鸟！

在当时，确是恨着父亲的，现在却是不然：反觉得他是可悯的。正当我想起：一个头发已经斑白的农夫，还是在披星戴月地忙碌，为饥寒所逼迫，为风日所摧损，前面也只剩着短短的岁月了，便不由地悲伤起来。而且，他生自土中，长自土中，从年少就用了他的污汗去灌溉那些砂土，想从那些砂土里去取得一家老幼之所需，父亲有着那样的脾气，也是无足怪的了。听说，现在他更衰老了些，而且也时常念想到他久客他乡的儿子。

绵长的思念

◎ 亚 蓝

“祝你生日快乐，晚上我做面给你吃。”

老二十六岁生日那天早上，我上菜市，将这张字条放在他的桌上。

面，这是一种极平常的食品，到处可买到吃到，为什么我竟然会心血来潮要自己动手，像父亲生前一样亲自去做？连我自己也觉得迷惘，也想起面内埋藏的辛酸滋味。

那一年，父亲的生意垮了，全家陷入绝望边缘，他一直没事做，每天东奔西跑设法赚点外快来养家。

每年开学，父亲常因筹不出孩子的学费而难过，他也不惜厚颜向亲友借债，只为了坚持不让我们失学；幸好学校当局也谅解我们的苦衷，不但给半费，还分期付款，真是一把辛酸，一把眼泪，才把书念完。

而我最快乐的童年，也随着家境贫困而消失无踪，不但要承受生活的逼迫，也得面对亲友冷冰冰的面孔。

后来得种英叔帮忙，介绍父亲做运送牛只的工作，需由马尼拉坐六小时车到碧瑶，再从山地牧场，载一车牛只到对面高山“达木”（Tabuk地名）。

而这条山路，由因路面狭窄，只容一辆车通过，所以规定上下山通车时间，并且由公路局的山地人互通电话，彼此算好各有几部车辆通行，直到对面的车全部过去了，等候的车队才行动，进入一望无际的高山深谷。

这条从山脚通往“达木”的山路，一边是陡峭的山峰，一边是千寻的深谷，全是飞沙漫天的黄泥路，不但起伏不平，且在雨季期间，简直不堪通行。

明知道这是何等崎岖艰苦的道路，但是父亲为了养家，他还是咬紧牙答应了下来，那时我们怎能了解父母的心里是如何难受，如何心酸！

那时我们最期待的是父亲回来，他会上菜市买肉、面粉，和一些枧带回家，亲自下厨，动手煮面。

父亲先把一张清洁的白纸，铺在桌上，把盐和枧放入适量水里，与面粉调拌，然后不停地揉搓，直到揉出韧性来。此时他也会滔滔不绝地说起那些还流动着血泪的感人故事，尤其是他的“唐山大厝”：

“咱厝大楼建在晋江大罗溪。1949年，菲岛光复后，我把省吃俭用的钱，陆续寄回‘唐山’盖起大厝来。”

父亲提起这幢我未曾见过，也甭想居住的屋宅，眼中闪着兴奋的光辉，仿佛那是他一生中的大事，那也的确是他唯一的产业。

最不能忘记，我们站着围在他身边，一面静静地听，一面看他将在温水中溶化后的酵粉也放在面粉中，用手揉合成一面团，上面覆盖干净的湿布，放置一边来发酵，五分钟后，面已发酵，再用酱油瓶将揉成粗条的面赶成薄饼，成长筒状，此时，我会用刀切成面条，我们吃下是一碗滚烫的面汤，情感好像在面中，并且感受一种无名的温暖。

不管父亲的面，佐料是否丰富，作法是否照着正宗食谱，对于生活在困境中的孩子，吃碗面是一个相当遥远的梦想，所以父亲的面，虽没有卤汤，只是几根肉丝，几叶小菜下的面仍然觉得有说不出的美味，到今天还不能稍稍忘记。

有一回，种英叔跟着父亲到碧瑶，一起坐运牛的车子上山，他想见识一下山野的情趣。

可是车走到半途，种英叔突然冷汗直冒，双手发抖，人好像要窒息一样喘着气，不断用手指着山下，父亲连忙望着窗外，太阳还是明亮刺眼，谷底罩了一层淡灰色的雾气，一堆坠落山崖的客车残骸，种英叔口中结结巴巴地说：许多人站在支离破碎的客车上，向他招手。而父亲什么也没有看到，他认为在此千仞峭壁，满布乱石的荒野，怎么会有人？

父亲向来胆识过人，就算在日据时期，靠着腰间一支枪，便带着一群人，在枪林弹雨中，从乡下逃难来马尼拉。此时，他从种英叔表情，看出他绝不会开这种无聊的玩笑，父亲却一点也不紧张，他认为平生不做亏心事，什么邪门歪道也侵犯不了他。而且笑着说得轻松，却叫站在一旁的我听得吃惊了，汗毛竖立，头皮发紧，一份过早的忧伤和不安，却从父亲的工作中烙在心上。

此后，父亲上山，总要先替自己做个周全的准备，一条军毯、几匣饼干、一个大水壶、手电筒、一把军用刀、一条木棍，这些是预防遇到山崩路塞，在山中过夜，不但借以防饥还用来自卫防身。

父亲每次出差，常戴着一顶旧的晴雨帽，再把我们兄弟姐妹叫来，细心叮咛一番，他的话已经不复记忆，忘不了的只是那一句“等我回来，再做面给你们吃。”我们依依不舍地倚在门边，目送他背着包裹上路，心里觉得他这一脚，多么沉重，在我心头像铅块一般压下。

有一个夜晚，下大雨，半夜有人在敲门，全家都惊醒了，种英叔神色慌张地亲自赶来，才知道今天午后，多处山崩，几段山路交通断绝，父亲与一车的牛只被困在半山上，而天黑路滑，修理工人不能上山。这消息带来多大震憾与惊慌，虽然父亲事前有准备，他与司机不曾挨饿，只是那车上的牛群，能不吃不喝吗？我们不能不为还在山上的父亲，担着一份心事。

想着父亲独自在荒山野地，不禁骇怕地颤抖着，我曾经翻来覆去，在床上折腾了一整夜——心里老想着种英叔的话：

“这是一条狭窄的单程山路，司机要专心驾驶，注意前面的小道，握紧方向盘，不能有丝毫差错，转弯时太急促，也有意外翻车的危险，或者车上的牛发起牛脾气，冲向一边，车身倾斜不平衡，往往会摔落下去！”

此时，我完全呆住，什么也不能做，什么也不能想，整日忧心忡忡，那样单纯的情切意乱。

我永远记住，父亲三天后回来的模样，他的眼睛布满血丝，衣服像抹布一样皱，脚上日本拖鞋满是泥巴，全身灰尘，他默默凝视着母亲，平安归来的悲喜，让母亲汩汩的流出泪来，我也看到父亲眼里闪着微明的泪光。

第二天，看到父亲从菜市回来，提着满满的一篮菜，然后又听到他爽朗洪亮的笑声，夜晚，一家人围着看父亲做面，半笑谈声中，大哥问着父亲此次困在山上的情形：

“当时我和司机困在山上，面对黑冷的雨夜，听着山风呼呼的怒啸，还有牛只移动哞哞的声响，虽然担忧着牛一旦发怒，发狂，横冲直闯，在这窄狭的山路上，必然有翻车的可能，但是我们还是彻夜守望，一夜坐到天亮，有两次牛只争吵骚动，车摇动得厉害，我们两人慌忙从车上跳下来，跌在泥泞的黄土上翻滚……”

父亲兴奋地讲着，我却望着他脸上的皱纹，头上白发苍苍，眼角鱼尾斑深深地刺入我的心灵，自叹不能分担半点辛劳。我几次劝父亲放弃这份工作，父亲总是说："再做一段时期吧，而且不去做，要吃什么？"他不惧这工作带来的现实煎熬，还是苦苦地做了，可是为什么要那样辛苦！

为了这个家，父亲还是继续运牛车上山，无惧风雨的奔波于那条山路。看见他提着简单行囊，踏出家门，那种惊慌和不安又流泻出来，于是我们又日复一日地惦挂着。报上每一则坠崖失事的消息，都曾叫我们心惊，哪怕是晚风叩动门窗也会吓出一身冷汗，我当然忘不了那时笼罩在家里的情景，那种气氛，也使我年轻时对生命的认知和体会更为深刻。

父亲直到步入晚年，还不能过一份安定的家居日子，还得独自去面对那荒山小路，在灰尘飞扬里，在凄风苦雨中，我为父亲的卖力奔波而感激，而担忧。

最伤心的是父亲那些用流汗换来的代价，还买不起一只鸡来炖汤下面。虽然如此，它在我们口中，仍然是最甘甜美味，不为什么，只为这碗面是父亲自己做的，是他冒着生命危险换来的。

回想往昔那段用牛只灰尘串成的岁月，还有父亲做面的夜晚，二十几年时光，已流逝，如今看着那碗摆在老二面前，满是佐料的鸡丝面，我竟然哭了：

"可惜，阿公不能做面给你吃。"

父亲逝世已十五年，兄弟姐妹都成家而星散，一家人围着吃面已成了奢望，父亲的面，已是一条条绵绵的思念。可是他生前，那种对抗风雨不屈服的意志，在我内心深处，在任何可见和不可知的角落，仍然是我在磨难中前进的力量！

从前，有个老头和他的老太婆

赵 园

“从前……”

我儿时读过的童话故事几乎都这样开头，令人觉得有趣好玩的事都在“从前”发生过了。但一个“老头”和“他的老太婆”却是太过“基本”的情境，以至在不好玩的现在还随处可见，那些亚当和夏娃的老态龙钟的后代们。突然想到老亚当和老夏娃是个什么样子，是否也一样地皱皱巴巴，相互搀扶着，在伊甸园外蹒跚地游逛。

“从前，有个老头和他的老太婆，

住在蔚蓝色的大海边。”

那是小学语文课上惯用的分角色朗读，我分到的，是老太婆，对那个扮演“渔夫”的男孩子尖声尖气地嚷着：“你这个蠢货，你这个傻瓜！”我不知现在的孩子读些什么，是否还知道“普希金”这个名字，是否如我当年那样，在语文课堂上朗读这种叙事长诗时，被那“蔚蓝色的大海”与小金鱼（而非老头和老太婆）所激动。我只觉得现在的孩子有太多的诱惑与满足，这使得他们大大地早熟了。我有时竟由一些孩子那里，发现一种看穿了世事似的苍老神情。

一天，老头打上了一条金鱼，于是，生活中固有的平衡永远地丧失了。这故事很合于古中国圣贤的训诫：及其老也，血气既衰，戒之在得；虽然普希金的教训不只是写给老人的。“乡村的中国”与“乡村的俄国”，直到不久前，还那样地呼吸相通。

当年扮演老太婆的女孩，在几十年后成为老太婆时，有时会暗自惊讶于人际遇合的奇妙。那样的两个人，在各自的轨道上，像两个绝无机会相撞的微小星体，绕着或大或小的圈子，直到有一天，它们划出的圆居然相切了。这终于的相切，又只能追因于“文革”及其后的事件。因而这两个极其渺小的人的极其偶然的相遇，竟与“大历史”发生了因果关系。这很夸张，但它是真的。

那是一个初夏的日子，在北大的未名湖边，他偶然地和她走在一起。他后来告诉她，他是在看到她边走边用一根柔长的枝条划同伴的背时，对她发生了好感的。她此后则一再有机会嘲笑他对异性观察的肤浅；结句通常是，幸而遇到的是我。

当她在小学语文课堂上扮演老太婆时，“老”字对她还那样遥远，她甚至没工夫想到它。她那时是个贪玩且因功课好而被宠爱着的女孩，她的母亲则还年轻，如50年代其他出色的职业妇女一样精力充沛。那之后的几十年间，她终于认识了这个“老”字。在与老人相依的悠长岁月里，她发现了老人的脆弱，他们的自卑，和要如此艰难才能维持的尊严。她自以为读懂了杜甫的那句不美丽的诗，“贫贱伤老丑”。她也在这时自以为读懂了“老人”。一次为父母搬家时，她信手丢掉了他们的一件旧物；她后来一直忘不了她的母亲失望的神情。她终于想到了没有权力改变老人的生活，甚至没有权力损伤他们的记忆。他们的生活所剩不多，你没有权力代他们挥霍。那条被虫蛀了的毛毯，那把瘸了腿的椅子，是一份“过去”。当黄昏的余光照着它们，或许，记忆的某一角就开启了。那残阳中的朦胧一角是神圣的，你没有权力触碰它。

今年夏天，有位不相熟的姑娘，用了同情的口气对她说，看到了她在商店里搀扶着她的母亲，“这样的年纪了，还要照顾更老的老人……”她想，我已在被人悲悯了。但她的更老的丈夫却像是依然生气勃勃。当她和他走在一起，手握在他的手里，会一再重温最初的感觉，自觉像一个小女孩，手握在小哥哥的手里，又软弱又安心。他们仍这样手拉着手走过马路，不理会旁人的注视。丈夫的步态也依然有力。但她也知道，他们会更老的，像不远处那对相互搀扶着，颤巍巍地穿过闹市的老夫妻。到那时，他们的手也将粗糙，如疤痕斑驳的树皮，但握在一起的手，仍会是暖和的。

他们并不常像这样地回忆过去，丈夫尤其不；他们仍然如过去一样地忙，没有工夫一味倒腾陈谷子烂芝麻。他们也不愿总用了“过来人”的神气夸耀贫穷，夸耀苦难，虽然他们并非无可“夸耀”。作丈夫的极偶然地，会用了自嘲的调子，说自己所经历的。但这是如此稀有，以至她会顿时紧张起来，生怕漏掉了什么。她或许将永远没有机会听稍为完整一点的丈夫的故事。如果他以为那记忆是只属于他个人的，她又何必去触动它？她只要体验那种手被握着的感觉，就已经满足了。

这些琐琐碎碎的文字，是她写给他的，将在他六十岁生日的那天，送到他的手里。这是她送他的一份生日礼物，他喜欢吗？

1993年岁末

伯父和牛

素　素

在城里，每每见到一些极有身份的人爱猫爱狗成癖，乡下则不然。乡下真正的男子汉，大都以能赶上一辆戴红头缨的马车或跑起来飞快的胶轮牛车而感到惬意、荣耀。虽然这些年不少年轻人驾上了摩托车、开上了汽车，乡下已不纯是牛马的世界了，但那些半老不少壮年的男子，仍是爱摆弄他们的大车。逢到赶集的日子，你往那山区的乡路上看吧，自负而又气盛的车老板们，不管上坡还是下坡，也不管大道上烧汽油的摩托、卡车呜呜直过，挎筐背篓的人成群结队，把长鞭甩得放爆仗一般响，口哨吹得笛儿似的脆，眼睛斜都不斜一下，铃声叮叮，蹄声得得，带着一股烟尘，威风凛凛地开过去。如今集日多了，集市大了，赶车上集简直就是给他们过生日，这些响当当的男子汉愈发美得不知东南西北了。

从我们村通往集市的那条土路上，常常是过完了烧油的、马拉的车，便会慢悠慢悠地走来一辆牛车。辕上只套了一头牛，车上只有一个人。那人就是我的伯父。还是在前年的冬天，伯父家分得一头公牛，毛色棕红而且明亮，犄角的弧度也弯得优美，大肚大蹄，显得颇有力气。它是纯粹的复州种，从出生到长大，都是伯父当饲养员时一手侍弄的。所以乡下搞承包时，队里那么多牛驴骡马，伯父就牵它。

说来怪有意思，听伯母说，伯父属牛，半夜子时出生。算卦先生批八字，说他一辈子使牛劲，还得饿肚子，命最不济了。伯父那时年轻，撇了撇嘴说："牛在半夜子时才不饿呢，俺半夜喂牛管多都是加好料！"大家听了，都笑他这人迂。

在我的记忆中，伯父的确有点迂。他永远都是和牛在一起，可赶牛车的活儿从来挨不上他。凡是好活儿都让精明人抢着干了。但他不甘示弱，从入社起，就在队上喂牛。在他看来，这份差事不亚于玉皇大帝封给孙悟空的弼马瘟。我记得，他大半辈子就住在队里那间紧挨牛圈的小黑屋里。除了吃三顿饭，伯父几乎不着家。家里有事，就叫我到那间黑屋找他。那是辽南偏僻的乡下最常见的专门供饲养员住的小屋：靠北墙有一铺炕，半张炕席，炕席常常被火熏得发黄，中间烧出一个洞，露出一块炕面子。炕里边是一卷拿不成个个的破被褥，里面还裹着一个漏糠的旧式八角枕头。炕前一个土坯垒的灶，一口拌料的大锅坐在上面。屋角处还有一个装料的大笨缸，墙上还挂着盛料的勺子、牛笼头什么的……进那屋里，我呆不上三分钟，就得捂着鼻子跑出来。可这间小屋仿佛是专门为伯父而设的。几十年来，他已经习惯于那土炕灼人的热度，三九天气，他最喜欢光着脊梁，掀掉破褥子，贴着那有洞的炕席睡火炕。小屋里的气味更是把他熏出来了，冷丁回到家，不是埋怨灶屋地的酸菜缸发臭，就是嫌碗里的粉条汤太咸，只有他小屋里的味道最对胃口。伯母人前背后就管他叫“贱坯子”，“钻牛腚的货”。

伯父也有他待人喜欢的时候。比如一春一秋，他要上山放牛，每次总忘不了带上我们几个小孩子。我家乡这地方，四周都是山，每个村子都有牛圈，附近山上又必是有牛群。那放牛的人也和伯父差不多，披着件破夹袄，抱着一根半截鞭，在半青半黄的草皮上蹲着，眼睛定定地瞅老牛低头吃草或躺下倒嚼……我发现，伯父蹲在山上，眼睛有时也瞥一眼山下的大道，如果看见有一辆拉粪的牛车走过，他会一直把那牛车望到没影了为止。有一回，当他看见对面坡上有一群邻村的牛时，挤着小眼睛笑着告诉我：“瞧那老家伙喂的牛，垮台啦！你再看看俺的！”他又知足起来了。这时，我们那小小的勾勾心儿就动起来了，央求伯父允许我们骑牛玩。伯父一下就会变脸厉声：“这不是水牛！小鳖羔子们，都给我拾草去，傍下黑一人一捆草，我让牛给你们驮。去吧！去吧！”他像赶牛似地挥着半截鞭吓我们。尽管这样，大家还是高兴跟伯父上山。他曾经说过：乡下人不会使唤牲口，不懂得爱惜牲口，这辈子白做人！尤其是我们中的那几个男孩子，想到自己将来都是一条男子汉，都要用牲口为自己长架，自然觉得能跟伯父上山，是再难得不过的了。

然而，直到我长大，我也一直没觉出伯父靠牛给自己装过什么门面。在我心里，就像那个八字先生算得那样，伯父总给人一个拉不起腰、提不起神，窝窝囊囊不得志的印象，或者说，是个悲剧形象。想不到的是，前年春节我回家时，他拿来一张红纸让我写副对联：

牛如南山虎　马是北海龙　六畜兴旺

我弟弟凑过来瞥了一眼，又笑他迂："如今是啥年头啦，还牛呀马的！"我也早从弟弟那里知道伯父分了一头牛。可是没有马，更谈不上"六畜"呀？我正疑惑呢，伯父捋着胡须说："在我眼里，牛比马还有威，牛是六畜之首。"他说这话时，充满着严肃而又自信的神情。这么多年，我第一次感到他原来也是一个很有身份的人……

现在，伯父的车上又新添了一头复州忙牛，一头由复州牛生的三岁口的小犍牛，都是棕红色的，大肚大蹄，犄角弯成一个优美的弧度。与以往不同的是，伯父老来心高，还在牛脑门上缀了红缨，牛肚带下系上铜铃。适到赶集的日子，从我们村通往集市的那条土路上，虽然照例还是摩托、汽车；马车在前，伯父的牛车在后，可是那套了三头牛的车再也慢悠不起来了，伯父把长鞭凌空一甩，那三头牛的雄姿，完全抵得上前面车上的两骡一马。铃声叮叮，蹄声得得，带着一股烟尘，伯父的牛车像起空了似的，威风凛凛地从村人面前开了过去……

1985年1月24日

游子吟

和 谷

到省城工作之后，有了妻室儿女，便很少能回故乡看看。每当我触到“乡情”的字眼，就不禁默吟“慈母手中线”的诗句，久久地陷入思念的意绪中了。

渭河北岸的故乡，土地瘠薄，生活一向很是简朴。记得童年的时候，是不曾披过一件“洋布”的，自春至冬，总穿着一身母亲织的土布。上小学时的书包，也是红蓝网格的粗布做的，却孕育了我童年的梦。

一到秋天，队上分了棉花，多半是因受旱未绽的棉桃。阴雨天，就和母亲在土窑里剥棉桃，撕开来晾干。遇赶集的日子，我牵着母亲的衣襟，背着大包袱到弹花店去。弹花是不收加工费的，带走花絮，留下花籽即可。而花籽是可以榨油的。

归来，折一支高粱秸，就着青石炕沿，撕开一片片花絮铺了，卷在高粱秸上，滚几下，就成了一个圆筒。这种玩活，我是乐于干的，而且很在行。那一片片洁白的棉絮，薄得像鸟儿的羽翼，又使我时时想到天上的云朵。

母亲则搬了纺车来，给弦上涂了蜡，给锭子抹了油，便盘腿吱咛咛地纺起线来。左手指那么轻巧地绕动了纺车，右手衔着我卷好的花筒，直侧着身子扯到背后去，又回一下纺车轮；将抽开的细丝缠在旋动的锭子上。线穗渐渐胖，花筒渐渐瘦了。节奏和音响是那么单调，在我听来却似乎是世界上最好听最深情的音乐。

尔后，择个响晴天，母亲又将线穗穿上轴儿，在窑院里立成一排，牵住各自的头绪，合成了线团。再浆洗过，梳理匀称，一丝一缕地绕到织布机上去。

于是，母亲便坐在了织布机前，抛着梭子，踏着脚板，经经纬纬地交织着生活的希冀。灯下，窗前，百八十天才能织得完它。

而我，这阵儿是帮不上母亲一点忙的。我觉得母亲为了儿女们，实在是太劳累太疲倦了。

质朴无华的土布，为我遮体御寒，伴我长大成人，给了我沮热，给了我母性的力量。要说曾经嫌弃过它吗？似乎根本就谈不到。那一丝一线，有如情感琴弦，交织得太密太密了。

那年冬天，我从陕北旅行归来，途经故乡小住了一宿。

离家这么些年了，母亲还是那样，在灯下缝缝补补个没完。见我的棉袄破了一处，硬要我脱了补补。望着母亲显然苍老了的容颜，我有些不肯。她那有点儿斑白的鬓发，似乎是纺线织布粘上的绒絮，永远也拂不掉了。她脸上织满了的皱纹，又像土布似的粗朴。

母亲从那个用了几十年的旧笸篮里拿出针线，还是那么个木片儿做的线板，抽出一丝线来，穿呀穿的，触到了眼前，却怎么也穿不到针上。

我看母亲扭过身去，抹着泪，我的鼻子也酸楚了。母亲年轻时那纺线织布的利落劲，已经成为往事了。

前些日子，我给母亲买了件涤良上衣。寄去了不几天，妹妹写来信说，母亲嫌“洋布”穿上扎眼，还是亲手织的土布好，让给我未过门的弟媳妇穿了。

读信时，我的孩子要我给他找条线，说到郊野里去放风筝。我不知找了根什么线，把孩子打发走的，心绪却被线儿牵回了渭河北岸的故乡。

我想，母亲的斑白的鬓发，丝丝缕缕，此时也许正飘绕在故乡山塬的风里。她正站在山塬的窑院前，思念她的游子呢！她该知道，她的游子在思念她吧！

我信手铺纸挥毫，录了一首久已藏在心底的稔熟的诗，贴于书桌前。这便是孟郊的《游子吟》：

慈母手中线，游子身上衣。

临行密密缝，意恐迟迟归。

谁言寸草心，报得三春晖？

我的祖母

何为

我幼小的时候，父母亲离乡背井去谋生，留下我在祖母的身边，祖母是我的保护神。我依偎着她度过我的童年，度过我成年后许多艰难困苦的日子。我的生命中，祖母赋予我的是很多很多的，她留给我的记忆，任何时候没有离开过我。

那年重返故园，与其说我是寻找逝去的童年，不如说是去探望亲自抚养我的老祖母，去追寻她留下的足迹。斜阳下的石板道有点荒寂，长巷墙垣剥落，老屋带着忧伤。我踏上石阶，轻轻推开虚掩的门扉，站在若隐若现的往昔情景里。

这古老宅第的大家族中，众多长辈都已撒手人寰，但我固执地相信老祖母与故园同在。

我一眼瞥见熟悉的月洞门。天井两侧，东西相对，各有一圈很圆很大的月洞门，恰似地上两个对称的大圆月。童话般的月洞门之间，天井里显得空旷开阔。花墙边上并列着几个大水缸，家乡俗称七石缸，用以承接檐下的雨水。我与小伙伴绕着缸边捉迷藏，骑木马，摆弄小乌龟，那是我嬉戏奔跑的地方。

我似乎听见祖母从明堂探身出来，呼唤我，寻找我，拉住我，我一头扎入她的怀里。

夏夜星空下，天井里萤火点点，花架上的盆花幽香沁人，老祖母和未出嫁的小姑姑拍着大蒲扇，为我驱赶蚊蚋。纳凉时，祖母讲天上神仙的故事，讲孟姜女万里寻夫的人间故事。祖母不识字，不过我总觉得她像是一本无字的书，书上写满悲欢离合令人神往的民间传说。我一知半解，却是我最早接触到的文学作品。

祖母和我在故园拍摄的几张照片依然清晰。那年我三岁，也可能是四岁，祖母五十三四岁。我穿着又厚又臃肿的棉袍，紧贴着祖母，握住她的手，仿佛在倾听祖母对我亲热的低语。

老家横塘弄直，通一座古桥。定海城中的状元桥，历来称为定海第一桥。桥上设置神龛。乡里人说，别的状元桥是先出状元后造桥，唯独定海是先有状元桥，后出状元。桥并不长，拱形的桥身高高隆起，依据地形，东边十九级石阶，西边二十一级，用巨石构筑而成。这桥跨过八百多年流逝的岁月，后来改建后石级就没有了。

在我童年的时候，最高兴的是祖母带我到状元桥。早晨的状元桥，桥上桥下全是摊贩，生气蓬勃，自成集市。定海属舟山群岛，渔民出海归来，在桥头设摊。没有一个鱼滩的鱼虾海鲜不是银光闪亮活蹦乱跳的。空气中弥漫着强烈的鱼腥味。桥头上是湿漉漉滑腻腻黑糊糊的。站在桥边，总能呼吸到大海带着盐味的气息。

祖母有她熟识的摊主，豪爽热诚的渔民们把最好的海产留给她，从不欺骗顾客。我拉着祖母的衣角，享受着我喜爱的茯苓糕夹热油条。然后在午餐桌上，尽情享用祖母用海鲜烹制的佳肴。

我们家乡有许多好吃的东西，好吃的东西都离不开祖母的烹饪。且不说只有宁帮菜才有的做法，诸多名之曰“烤”的荤素美食；也不提宁式菜中的醉、炝、糟、炒各种乡土食物的具体内容，只举我最喜欢祖母做的家常菜。例如鸡骨酱，将土鸡去头尾内脏，剁碎用熟油加工制成炒酱，鲜腴丰美，是我祖父佐酒的炒品，我也得以分享。又如雪菜笋丝炒年糕，吃到碗底，只见切得极细的雪菜笋丝粒屑浸在重油里，油都绿了，闪耀着诱人的油绿光泽，扒着碗吃个干净才痛快。那是天下少有的美味，只有我祖母才能烹制这样大快朵颐的炒年糕。

祖母烧得一手好菜，可她从不为自己特地做什么菜，她做好菜是为祖父为客人为家里的人。她最大的乐趣似乎是看我吃她做的菜。我贪馋地大嚼，她欣赏地看着我，不断在旁告诫：“慢慢吃，小心烫嘴！”

祖父在上海的鸿宝斋石印局任职，祖母从家乡移居上海。

我大病初愈，留在上海跟随着祖父母同住。30年代的上海冬天，古老的石印局楼上厢房里寒气逼人，高耸的屋顶可供鸟雀筑巢；呼啸的北风在横梁穿过。为了暖和，我和祖母同卧一张大床，同盖一条厚棉被，那年我已是小学五年级了。我就是这样在祖母身边长大的。

我读书时期乃至投入社会工作后，大部分时间都同祖母生活在一起。人们说我是她的“小儿子”，她代替我的母亲照顾我的衣食，为我钉扣子补袜子，按时令更换我的卧具。晚上我有事外出，她就深更半夜等候着为我开门，非要等我回家后才能睡得安稳。那几年，我经常为旧病所苦，每每缠绵病榻，祖母为祈求我的病早愈，竟表示她宁可自己折寿！每念及此，我就惶然不安。

解放初期我结婚后，因为上海旧筑内三代同堂过于拥挤，遂在他处觅屋迁居，我和祖母分住两地。她似乎十分寂寞，天天盼望我抽点时间陪她坐坐。然而我命途多舛，生活窘迫，不如意事常八九，深恐影响祖母的情绪，怕她担忧，去探望她的时间并不多，这就更增添了她对我的怀念。每次见面她习惯地拉住我的手，诉说她的期待与冷清。用她的话是“心焦，心焦煞”。

通常我们每星期天午前到祖母那里，全家吃一顿午饭。这顿饭必定是她亲自下厨，而且是早作准备的。对她来说，这一天如同节日。她早早站在后门口，一手扶着门框，一手挡着耀眼的逆光，远远眺望弄堂口的每一个行人，想象那是我们抱着孩子向她走来了。

那年暮春时节的一个星期日，照例是我们去同祖母一起吃午饭的。临时有事耽误了一会，迟了半小时，想必祖母等得心焦。赶到弄口，原以为祖母会站在门口、翘盼我们。然而这一天却不见老太太微微伛偻的身影，我们心头笼罩着疑云。

我安慰自己，不可能有什么事的。祖母一生人缘好，为人善良仁慈，温和宽厚。她老年时惯于自理生活，很少患病，一口牙齿基本上完好无损，近来也没有听说她有什么不适。焉知一进门，家里的气氛有些异常，隐约有啜泣声。我们冲进屋内，天啊，祖母已被抬到床上，任凭我们呼天抢地的哭喊，我的祖母已失去知觉，再也没有醒过来。

整个上午她都好好的。不到十点钟，她亲自到灶头掌勺，做我爱吃的鸡骨酱，就像以前，我们到来之前她总要忙碌一阵。这天她突然感到晕眩，慢慢蹲下身，顺着灶台倒在地上。谁也想不到她患有严重的高血压，那时也不重视老人经常要量血压，于是一次突发性的中风猝然夺去她的生命，她静静地离开人间。

这一切发生在半小时内，就在我们磨磨蹭蹭迟到的半小时之内！如果我们早些到达，也许还能见上一面，不，也许她就不会站在灶台前做菜，也许她就不至于如此匆遽地离开我们！

我匍匐在她身旁，轻轻摩挲她闭上眼睛的脸，苍白的慈祥的圣洁的脸，我握她冰凉的手，多筋的手，善于操劳的手，专门用来给他人以爱抚的手。我将她的手贴在我的面颊上，我的泪水滴落在她的手背上。她的手再也不会紧紧拉着我了。数十年间，我们祖孙俩相依为命，现在由于我的迟到，赶不上与祖母见最后一面，我悔恨交加，哀痛欲绝。

祖母娘家姓乐，是定海的大族。据县志记载，乐氏家族祖居河南商丘，明正德年间迁徙舟山群岛，繁衍生息近五百年。祖母享年八十一岁，我至今还珍藏着她临终时的一束头发，一朵素白的绢花。

1994年5月于上海

难忘的眼泪

◎ 徐开垒

我在十岁那一年，因患小肠气，让母亲陪同去药行街五中堂药店看老中医。那老中医在我们宁波故乡，特别是在我们城里的灵桥门一带，有很高的威信，据说经他的手看好的病，数也数不清。

母亲拉着我的手，从我家君子街大门出发，穿过一条狭长的沙井弄，就是药行街了。那五中堂药店恰好在沙井弄堂口对面，它是一座石库门房子，一跨进大门，就是放满药箱药材的店堂。

店堂里的柜台边，站着几个伙计正在忙着应付顾客。秃顶的老中医则坐在里边，正细心地在为病人搭脉。母亲见我那种小心翼翼的样子，就轻声对我说："不要紧的，我们进去吧。"就拉着我的手，转过柜台，进入里边，在老中医身旁坐了下来。

等老中医把比我们先进来的病人开好药方，母亲就把我拉过去，向老中医诉说了我的病情，并让他看了我的患处。母亲说：“这孩子一生下来就有这个毛病，怕跟他祖父一样，到了八十岁，还行动不方便呢。”

老中医满有把握的，笑着回答：“放心吧，孩子小，毛病轻，看得早，就不会像他祖父那样，到八十岁还患着这个病，要医也来不及了。”

母亲听了他的话，十分高兴，就千谢万谢，按着老中医开的方子配了药，一手捧着一大包中药，一手拉着我的手就走出门来，对我说：“我叫阿周每天给你煎一次药，分早晚两次吃。吃一个星期，就再去看一次；医生说要看三四次，你的病就会好的。”她一边走，一边说，又像开玩笑似地对我说，“要是不认真吃药，你的病就好不了，以后长大了想结婚也困难。谁会要你这个‘大乱袋’呢？”

我不曾理会到这时我母亲因我的毛病能医好，而引起的心中高兴劲儿，却一味觉得自己好像人格受到侮辱，就又和往常一样，在母亲面前强头倔脑起来，冲着她说：“你说大‘乱袋’没人要，那么爷爷怎会有奶奶？爷爷结不了婚，爸爸又从哪里来？我们这批兄弟姐妹，是石岩缝里爆出来的吗？”

母亲是当年宁波东门街有名的大有丰百货公司老板的外孙女，平时养尊处优，自尊心很强；我祖父年轻时还曾在那个老板办的商店里做过伙计，所以我母亲嫁到我家，虽她还是十分尊重公婆，但说实在，她当的家，很少有人敢冒犯她；我父亲对她也是小心翼翼，特别是在他有了外遇，在外面讨了小老婆之后，一回到家中，更少任性使气。母亲心里痛苦，但她性格坚强，从不为此吵闹，也不曾看到她流过一次眼泪。这时见我和她顶嘴，很出乎她的意外，本来十分高兴的劲头，一时消失得无影无踪，禁不住骂道："你这孩子，就是不讨人欢喜。快把药拿去，下次让阿周陪你去，我可没有这个闲工夫了。"

母亲说到做到，一个星期以后，当我把药吃完，第二次去五中堂看老中医，就让阿周陪我去了。阿周是带领我的保姆，她在我三岁时就来我家，因我母亲连年生男育女，虽在生活上不愁吃穿，却为多子女而感到十分疲劳。在我出生时，我已有三个哥哥和二个姐姐了。其中一个哥哥和一个姐姐后来夭折。这时我要让母亲自己喂奶已不可能。我是吃奶妈的奶长大的。几年后，奶妈离开我家，我母亲又怀孕，肚子里有了我的弟弟，阿周就来我家做保姆。她按照母亲的吩咐，每隔一个星期陪我去看一次老中医，我的疝气果然逐渐消除。我母亲非常高兴，逢人就把这件事当作新闻告诉人家，还托人将喜讯带到上海，让在上海做事的父亲知道。

谁知就在这个关键时刻，有一天夜里，我忽然从睡梦中起床，奔到阳台上乱叫乱喊。等到我在迷迷糊糊中醒来，已是深夜一点多钟，才发现自己已被人抬回到床上。睁开眼，只见母亲坐在我床边，两眼挂着泪，惊慌地喊着我的名字。这是我第一次看到母亲的眼泪。母亲是个好强的人，平时很少流露感情，今夜她怎么会急成这样呢？那时我不懂。但印象是深刻难忘的，直到今天还在我的脑子里。

我的小肠气完全痊愈，母亲却从此为我另添了一份忧虑："这孩子怎么会夜间起床，胡说乱道呢？莫不是有精神病吗？"她悄悄地问人家。我也暗暗为自己担心，深恐自己有一天真会精神错乱。直到多年以后，我才从医药书中发现：中药荔子核煎汤，可以治疗小肠气即疝症，但吃多了，容易患梦游症。我十岁那年夏天，半夜起床乱喊乱叫，那是因为吃了五中堂老中医的荔子核煎汤，才发生这样的梦游现象。后来小肠气治好，荔子核煎汤不吃了，梦游症也就不再出现。

母亲不知道这一原因，她为我提心吊胆好多年。后来抗日战争发生，她承受了更多的负担：宁波城里迭遭敌机轰炸，起初她和我们一起钻在桌子下避炸弹；后来又叫人在院子里掘地道，造防空洞；最后则冒着敌机投弹的危险，带领我们逃难到乡下。只见她日夜不停忙碌，紧张万分，却不曾见她掉过一滴眼泪。她是这样坚强。终于等候着父亲从上海回来，带领我们一家乘轮船逃难到上海。

几十年的生活艰难，都不曾难倒我母亲。但是她终于越来越老了。她有那么多子女，她又在每个人身上花了那么多心血，按理她在晚年应该得到报答，生活过得很好。可是在"文革”中，每个知识分子都过得十分艰难，不幸的是我母亲培养的都是读过大学的专业人才。我们都需要“改造”。在“改造”中的子女，“文革”中是无法经常团聚在父母身边的。何况父母本身又是被里弄造反派侧目而视的对象呢？

1972年冬天，当时我父亲已经在半年前去世，母亲也已八十三岁，她和我从医的弟弟一家住在一起。她独个儿病卧在一间只有五六平方米的小房间里。这时我刚从上海郊区奉贤干校“大班子”回来不久，我去看她，像往常一样，轻步走到她床边，向她叫了一声“阿姆”，她睁开睡眼，应了一声。我说：“阿姆，这几天你的身体怎样？”她说：“不知为什么，总是感到头昏。”忽然，我发现她的两眼噙着泪水。我把按月给她的十几元钱递给她，她接了过去，轻声说：“你总是按月不缺。”我听了，心里感到比什么都难过。我知道我的几个兄弟有的还在靠边受审查，他们不可能按时来看她。但我能对她做怎样的解释呢？

第二天黄昏，我的母亲就去世了。

我幼时求学的经过

◎ 陈衡哲

进学校的一件事，在三十年前——正当前清的末年——是一个破天荒，尤其是在那时女孩子的身命上。我是我家中第一个进学校的人，故所需要的努力更是特别的大。虽然后来在上海所进的学校绝对不曾于我有什么益处，但饮水思源，我的能免于成为一个官场里的候补少奶奶，因此终能获得出洋读书的机会，却不能不说是靠了这进学校的一点努力。而使我怀此进学校的愿望者，却是我的舅父武进庄思缄先生。

我的这位舅父是我尊亲中最宠爱我的一位。大约在我五六岁的时候，舅父便同了舅母和表兄表弟到广西去做官。但因为外祖母是住在武进原籍的，所以舅父也常常回到家来看望她。那时我家已把自己的大房子出赁了，搬到外祖母家的一所西院中去住着。（我家虽然仍从湖南的籍贯，但因祖母也是武进

人，故她曾在常州置有房子）

每逢舅舅回家省亲的时候，我总是一清早便起身，央求母亲让我去看舅舅。舅舅向来是喜欢睡晚觉的，我走到外祖母家时，总是向外祖母匆匆的问了安，便一口气跑到舅舅的房里去。舅舅总是躺在床上，拍拍床沿，叫我坐下来。“今天我再给你讲点什么呢？”舅舅常是这样说，因为他是最喜欢把他的思想和观察讲给我听的。那时他做官的地方，已经由广西改到广东。广东省城是一个通商大口岸，它给他很多机会看见欧美的文化，尤其是在医学方面。那时他很佩服西洋的科学和文化，更佩服那些到中国来服务的美国女子。他常常把他看见的西洋医院、学校和各种近代文化的生活情形，说给我听。最后的一句话，总是：“你是一个有志气的女孩子，你应该努力的去学西洋的独立女子。”

我是一个最容易受感动的孩子，听到舅舅的最后一句话，常常是心跑到嘴里，热泪跑到眼里。我问他：“我怎样方能学像她们呢？”舅舅总是说：“进学校呀！在广东省城里有一个女医学校，你应该去学医，你愿意跟我去学医么？”

有时舅舅给我所讲的，是怎样地球是圆的，怎样美国是在我们的脚底下，怎样从我们的眼睛看下去，他们都是脚上头下的倒走着的！又怎样在我们站的地方挖一个洞，挖着挖着，就可跑到美国去了。有时他讲的，是中国以外的世界，世界上有什么国什么国。我常常是睁大了眼睛，张开了嘴听他讲话，又惊奇，又佩服。他见到我这个情形，便笑着说我是少见多怪。但在实际上，恐怕他心里是很高兴有这样一个忠诚的听者的。有时我又问他，“舅舅怎能知道这么多？”他便说：“你以为我知道的事情多吗？我和欧美的有学问的人比起来，恐怕还差得远呢。”他又对我说，他希望我将来能得到他没有机会得到的学问——对于现代世界的了解，对于科学救人的知识，对于妇女新使命的认识等等。

“胜过舅舅吗？”天下哪有此事？我就在梦中也不敢作此妄想呵！但舅舅却说，“胜过我们算什么？一个人必须能胜过他的父母尊长，方是有出息。没有出息的人，才要跟着他父母尊长的脚步走。”这类的说话，在当时真可以说是思想革命，它在我心灵上所产生的影响该是怎样的深刻！

我们这样的讲着讲着，常常直到外祖母叫舅舅起身吃早饭，方始停止。可是明天一早，我等不到天亮，又跑到舅舅那里去听他讲话了。这样，舅舅回家一次，我要进学校的念头便加深一层，后来竟成为我那时生命中的唯一梦想。

在我十三岁的那年，我父亲被抽签到西南的一个省份去做官。我因为那地方来得僻远，去了恐走不出来，又因进学校的希望太热烈，便要求母亲，让我不到父亲那里去，却跟着舅舅到广东进学校去。那时父亲已经一个人先到做官的地方去了，母亲正在收拾行李，预备全家动身。她是一位贤明的母亲，知道我有上进的志愿，又知道舅舅爱我，舅母也是一位最慈爱的长者，故并不怎么反对。可是，又因为我年纪太小，又不怎么赞成我离开她。每当我要求她让我跟舅舅到广东去的时候，她总是说："让我想想看，慢慢的再说吧。"

那年秋天，舅父回来省亲之后，又要回到广东去了。临走的那一天，我跟着母亲送他到外祖母家的大门外，我说："请给舅母请安。"

舅舅说："你不是要到广东去吗？你自己亲身去请安吧。"

我回头问母亲："我真的能到广东去么？"

母亲说："你自己想想能吗？"

我说："能！"

我就对舅舅说："我一定亲身到广东去给舅母请安。"

舅舅说："这是你自己说的啊，一个有志气的孩子，说了话是要作准的。"

我说："一定作准。"说完了这句话，我全身的热血都沸腾起来了，眼泪像潮水一般的流了下来。我立刻跑回到自己的卧室去，伏在桌子上哭了一大场。这哭是为着快乐呢，还是惊惧，自己也不知道。但现在想起来，大概是因为这个决议太重要了，太使我像一个成年的人了，它在一个不曾经过情感大冲动的稚弱心灵上，将发生怎样巨大的震荡呵！孩子们受到了这样的震荡，除了哭一场之外，还有什么别的方法呢？

就在那年的冬天，母亲同着我们一群孩子，离开了常州，先到上海。那时我们有一家亲戚正要到广东去，母亲便决定叫我跟着他们到舅舅家里去。在上海住了几天，母亲同着弟妹们上了长江的轮船，一直到父亲做官的地方去。我也跟着母亲上了船，坐在她的房舱内。母亲含着眼泪对我说：“你是一个有上进心的孩子，将来当然有成就；不过，你究竟还是一个小孩子呵！到了广东之后，一切要听舅父舅母的话，一切要小心，至少每个星期要给我和父亲写一封信来，好叫我放心。”我不待母亲说完，已经哭得转不过气来。母亲见了这个情形，便说：“你若是愿意改变计划，仍旧跟我到父亲那里去，现在还来得及，轮船要到明天一早才开呵。”

现在回想起来，那时我心中的为难一定是很大的。可是对于这心灵上自相冲突的痕迹，现在却一点也记不得了。所记得的，是不知怎样的下了一个仍旧离开母亲的决心，一面哭泣着向母亲磕了一个头，一面糊里糊涂的跟着我的亲戚，仍旧回到那个小客栈里去。回去了以后，整整的哭了一晚，后悔自己不曾听着母亲的话，仍旧跟着她去；但似乎又有一种力量，叫我前进，叫我去追求我的梦想。

舅母是我自小便认识的，因她和母亲的友好，我们和她都很亲热。但是，一位从前常常和我一同游玩的表兄和一位比我小两三岁的表弟，现在却都死了。我到广东时，舅舅的家庭中是有了三位我不曾见过的表妹和表弟，故我便做了他们的大姊姊。其中最大的一个是二小姐，下人们便把我叫做“大二小姐”——因为我自己也是行二——而他们三人也都叫我做“大二姊”。这一个称呼，看上去似乎无关轻重，实际上却代表了这个家庭对于我的亲爱。我不是表姊，而是两个二姊中的大的，这分明是舅父舅母把我当做自己的女儿看待了。这对于一个刚刚离开母亲的十三岁的女孩子，是给了多大的温情与安慰呵！至今舅母家的下人们，还是把我叫做“大二小姐”，表弟表妹们也仍旧把我叫做“大二姊”。而我每听到这个称呼时，也总要立刻回想到幼年在舅舅家住着时，所得到的那一段温情与亲爱。

因为这三位表弟妹都是生在广西的，舅母家的下人，说的又都是桂林话，而小表弟的奶妈，说的又是桂林化的湖南话，故我最初学习的第二方言，便是桂林化的国语。至今在我的蓝青官话中，常常还带有一点西南省份的口音，便是由于这个缘故。

我到广东不久，便央求舅母到医学校去报名。虽然在我的心中，知道自己是绝对不喜欢学医的，但除了那个医学校之外，还有什么别的学校可进呢？有一个学校可进，不总比不进学校好一点吗？可是，自我到了广东之后，舅舅对于我进学校的一件事——他从前最热心的一件事——现在却不提起了。等我对他说起的时候，他却总是这样的回答：“我看你恐怕太小了一点，过了一年再说好不好？在此一年之内，我可以自己教你读书。你要晓得，你的知识程度还是很低呵。并且我还可以给你请一位教师，来教你算学和其他近代的科学。这样不很好吗？”

舅舅的不愿意我立刻进学校，当然是由于爱护我，知道我年纪太小，还不到学医的时候；知识又太低；而立身处世的道理又一点不懂。故他想用一年的工夫，给我打一点根基。后来想起来，这是多么可感的一点慈爱，不过那时我正是一个未经世故的莽孩子，对于尊长们为我的深谋远虑，是一点不能了解的。我所要求的，仍是“进学校”。

后来舅母和舅父商量之后，只得把我带到医学校去，姑且去试一试。我同舅母一进学校的房子，便有一位女医生，叫做什么姑娘的，出来招呼舅母，并笑着对我点点头。舅母对她说了几句广东话，那女医生就用广东话问我，“今年十几岁了？”

我回答她：“十三岁，过了年就算十四岁了！”

她摇摇头，说：“太小了，我们这里的学生，起码要十八岁。”

这些话我当然都不能懂，都是舅母翻译给我听的。我就对舅母说：“我虽然小，却愿意努力。请舅母替我求求她，让我先试一年，看行不行再说。可以不可以？”

舅母便把这话对她说了，她说：“就是行，也得白读四五年，反正要到十八岁的时候才能算正科生。”她又用广东话问我，“懂广东话吖懂？”

我也学了一句广东话回答她，“吖懂！”又赶快接着说，“可是我愿意学。”她听见我说“吖懂”两个字，笑了。她又对舅母说了一阵广东话，说完了，便大家站了起来。她给舅母说声再见，又笑着对我点点头，便走进去了，我只得跟着舅母带了一颗失望与受了伤的心，回到舅舅家里去。

晚上舅舅回家后，舅母把白天的经过告诉了他，舅舅听后大笑说："是不是？你不听我的话，现在怎样？你只得仍旧做我的学生了！"

舅舅是一位很喜欢教诲青年的人，这也不能不说是我的好运气，因为在那一年之内，他不但自己教我书，还请了一位在广东客籍学校教数学的杭州先生，来教我初步数学。不但如此，他又常常把做人处世的道理，以及新时代的卫生知识等讲给我听。我对于他也只有敬爱与崇拜，对于他说的话，没有一个字是不愿遵行的。比如说吧，他要我每晚在十时安睡，早上六时起身。但是，晚上是多么清静呵！舅舅是常常在外宴会的，舅母到了九时便要打磕睡，表弟妹是早已睡着了，我自己也常是睡眼朦胧。可是，因为舅舅有这么一个教训，我便怎样也不敢睡，非到十时不上床。

我到了广东不过三个月，舅舅便调到廉州去，将文作武，去统带那里的新军了。我跟着舅母在广东又住了约有三个月，才大家搬到了廉州。舅舅的职务是很繁忙的，但每天下午，总抽出一点功夫，回家来教我读书。他常穿着新军统领的服装，骑着马，后面跟着两个"哥什哈"，匆匆的回家，教我一小时的书，又匆匆的走了。有时连舅母自己做的点心也不暇吃。舅母是一位最慈爱的人，对此不但不失望，反常常笑着对我说，“你看，舅舅是怎样的爱你，希望你成人呵！他忙得连点心也不吃，却一定要教你这个功课！你真应该努力呀！”

我不是木石，舅母即不说明，我心里也是明白，也是深刻感铭的。舅舅所教的，在书本方面，虽然只是那时流行的两种教科书，叫做“普通新知识”和“国民读本”的，以及一些报章杂志的阅读；但他自己的旧学问是很有根基的，对于现代的常识，也比那时的任何尊长为丰富，故我从他谈话中所得到的知识与教训，可说比了从书本上得到的要充足与深刻得多。经过这样二年的教诲，我便不知不觉的，由一个孩子的小世界中，走到成人世界的边际了。我的知识已较前一年为丰富，自信力也比较坚固，而对于整个世界的情形，也有从井底下爬上井口的感想。

虽然一切是这样的顺适与安乐，但他们仍不能使我取消进学校的一个念头。后来舅舅被我纠缠不过，知道对于这一只羽毛未丰而又跃跃欲飞的鸟儿，是没有法子去阻止她的冒险了。就在那年的冬天——正当我到舅舅家里的明年——乘舅母回籍省亲之便，舅舅便让她把我带到上海去。临走之时，又教训了我许多话，特别的指出我的两个大毛病——爱哭和不能忍耐——叫我改过。他说，“我不愿在下次见你的时候，一动又是哭呀哭的，和一个平凡的女孩子一样。我是常常到上海去的，一定常去学校看你。但我愿下次再见你的时候，你已经是一个有坚忍力，能自制的大人了。别的我倒用不着操心，你是一个能‘造命’的女孩子。”

舅舅叫我到上海进一个学校，叫做爱国女校的，因为那是他的朋友蔡孑民先生创办的，成绩也很好。我正不愿意学医，听到这个真是十分高兴。到了上海后，舅母便把我送到一个客栈里，那里有舅舅的一位朋友的家眷住着。舅母便把我交托了那位太太，自已回家去了。但那位太太是什么都不知道的，我只得拿了舅舅写给蔡先生的信，自己去碰。不幸左碰右碰也找不着蔡先生，我只有忍耐着，以为蔡先生总要回来的。多年之后，才知道那时蔡先生已经不在爱国女校了。正在这个时候，上海又产生了一个新的什么学校，因为种种的牵引，我就被拉了进去。这是后话了，现在不必去说它。所可说的，是我在那里读书三年的成绩，除了一门英文功课外，可以说是一个大大的“零”字！但那位教英文的女士却是一位好教师。我跟着她读了三年英文，当时倒不觉得怎样。可是，隔了几年之后，当清华在上海初次考取女生时，我对于许多英文试题，却都能回答了。后来我得考中被派到美国去读书，不能不说是一半靠了这个英文的基础。

民国三年，我在上海考中了清华的留美学额，便写信去报告那时住在北京的舅舅。可是，他早已在报上看见我的名字了。他立刻写信给我，说：“……清华招女生，吾知甥必去应考；既考，吾又知甥必取。……吾甥积年求学之愿，于今得偿，舅氏之喜慰可知矣。……”

我自幼受了舅舅的启发，一心要进学校。从十三岁起，便一个人南北奔走，瞎碰莽撞，结果是一业未成。直到此次获得清华的官费后，方在美国读了六年书，这是我求学努力的唯一正面结果。但是，从反而看来，在我努力过程中所得到的经验，以及失败所给予我的教训，恐怕对于我人格的影响，比了正面所得的知识教育，还要重大而深刻。而督促我向上，拯救我于屡次灰心失望的深海之中，使我能重新鼓起那水湿了的稚弱翅膀，再向那生命的渺茫大洋前进者，舅舅实是这样爱护我的两三位尊长中的一位，他常常对我说，世上的人对于命运有三种态度，其一是安命，其二是怨命，其三是造命。他希望我造命，他也相信我能造命，他也相信我能与恶劣的命运奋斗。

不但如此，舅舅对于我求学的动机，也是有深刻的认识的。在他给我的信中，曾有过这样的几句：“吾甥当初求学之动机，吾知其最为纯洁，最为专一。有欲效甥者，当劝其效甥之动机也。”有几个人是能这样的估计我，相信我，期望我的？

民国九年，我回国到北大当教授，舅舅那时也在北平。我常常去请安，请教，很快乐的和他在同城住了一年，后来我就到南方去了。待我再到北京时，他又因时局不靖，而且身体渐见衰弱，不久便回到原籍去终养天年。隔了两三年，我曾在一个严寒的冬夜，到常州去看了他一次。却想不到那一次的拜访，即成为我们的永诀，因为不久舅舅就弃世了，年纪还不到七十呢！

我向为不会做对联，但得到舅舅死耗之后，那心中铅样的悲哀，竟逼我写了这么副挽联来哭他：

知我，爱我，教我，诲我，如海深恩未得报；

病离，乱离，生离，死离，可怜一诀竟无缘。

这挽联做得虽不好，但它的每一个字却都是从我心头的悲哀深处流出来的，我希望它能表达出我对于这位舅父的敬爱与感铭于万一。

1937年8月

做了父亲

◎ 叶圣陶

假若至今还没有儿女，是不是要与有些人一样，感到是人生的缺憾，心头总有这么一个失望牵萦着呢？

我与妻都说不至于吧。一些人没有儿女感到缺憾，因为他们认为儿女是我们份所应得的，应得而不得，当然要失望。也许有人说没有儿女就是没有给社会尽力，对于种族的绵延没有尽责任，那是颇为冠冕堂皇的话，是随后找来给自己解释的理由，查问到根底，还是个得不到应得的不满足之感而已。我们以为人生的权利固有多端，而儿女似乎不在多端之内，所以说不至于。

但是儿女早已出生了，这个设想无从证实。在有了儿女的今日，设想没有儿女，自然觉得可以不感缺憾；倘若今日真个还没有儿女，也许会感到非常寂寞，非常惆怅吧。这是说不定的。

教育是专家的事业，这句话近来几乎成了口号，但是这意义仿佛向来被承认的。然而一为父母就得兼充专家也是事实。非专家的专家担起教育的责任来，大概走两条路：一是尽许多不必要的心，结果是“非徒无益，而又害之”；一是给与一个“无所有”，本应在儿女的生活中充实些什么的，却并没有把该充实的付与儿女。

自家反省，非意识地走的是后一条路。虽然也像一般父亲一样，被一家人用作镇压孩子的偶像，在没法对付时，就“爹爹，你看某某！”这样喊出来；有时被引动了感情，骂一顿甚至打一顿的事也有；但是收场往往像两个孩子争闹似的，说着“你不那样，我也就不这样”的话，其意若曰彼此再别说这些，重复和好了吧。这中间积极的教训之类是没有的。

不自命为“名父”的，大多走与我同样的路。

自家就没有什么把握，一切都在学习试验之中，怎么能给后一代人预先把立身处世的道理规定好了教给他们呢？

学校，我想也不是与儿女有什么了不起的关系的。学习一些符号，懂得一些常识，结交若干朋友，度过若干岁月，如是而已。

以前曾经担过忧虑，因为自家是小学教员出身，知道小学的情形比较清楚，以为像个模样的小学太少了，儿女达到入学年龄的时候将无处可送。现在儿女三个都进了学校，学校也不见特别好，但是我毫不存勉强迁就的意思。

一定要有理想的小学才把儿女送去，这无异看儿女作特别珍贵特别柔弱的花草，所以要保藏在装着暖气管的玻璃花房里。特别珍贵么，除了有些国家的华胄贵族，谁也不肯对儿女作这样的夸大口吻。特别柔弱么，那又是心所不甘，要抵挡得风雨，经历得霜雪，这才可喜——我现在作这样想，自笑以前的忧虑殊属无谓。

何况世间为生活所限制，连小学都不得进的多得很，他们一样要挺直身躯立定脚跟做人。学校好坏于人究竟有何等程度的关系呢？——这样想时，以前的忧虑尤见得我的浅陋了。

我这方面既然给了个“无所有”，学校方面又没有什么了不起的关系，这就拦到了角落里，儿女的生长只有在环境的限制之内，凭他们自己的心思能力去应付一切。这里所谓环境，包括他们所有遭值的事和人物，一饮一啄，一猫一狗，父母教师，街市田野，都在里头。

做父亲的真欲帮助儿女仅有一途，就是诱导他们，让他们锻炼这种心思能力。若去请教专门的教育者，当然，他将说出许多微妙的理论，但是要义大致也不外乎此。

可是，怎样诱导呢？我就茫然了。虽然知道应该往哪一方向走，但是没有往前走的实力，只得站在这里，搓着空空的一双手，与不曾知道方向的并无两样。我很明白，对儿女最抱歉的就是这一点，将来送不送他们进大学倒没有多大关系。因为适宜的诱导是在他们生命的机械里加添燃料，而送进大学仅是给他们文凭、地位，以便剥削他人而已。（有人说起振兴大学教育可以救国，不知如何，我总不甚相信，却往往想到这样不体面的结论上去。）

他们应付环境不得其当甚至应付不了的时候，一定会怅然自失，心里想，如果父亲早给点儿帮助，或者不至于这样无所措吧。这种归咎，我不想躲避，也没法躲避。

对于儿女也有我的希望。

一句话而已，希望他们胜似我。

所谓人间所谓社会虽然很广漠，总直觉地希望它有进步。而人是构成人间社会的。如果后代无异前代，那就是站在老地方没有前进，徒然送去了一代的时光，已属不妙。或者更甚一点，竟然“一代不如一代”，试问人间社会经得起几回这样的七折八扣呢！凭这么想，我希望儿女必须胜似我。

爬上西湖葛岭那样的山就会气喘，提十斤左右重的东西走一两里路胳膊就会酸好几天，我这种身体是完全不行的。我希望他们有强壮的身体。

人家问一句话一时会答不上来，事务当前会十分茫然，不知怎样处置或判断，我这种心灵是完全不行的。我希望他们有明澈的心灵。

说到职业，现在做的是笔墨的事情，要说那干系之大，当然可以戴上文化或教育的高帽子，于是仿佛觉得并非无聊。但是能够像工人农人一样，拿出一件供人家切实应用的东西来么？没有！自家却使用了人家生产的切实应用的东西，岂非也成了可羞的剥削阶级？文化或教育的高帽子只能掩饰丑脸，聊自解嘲而已，别无意义。这样想时，更菲薄自己，达于极点。我希望他们与我不一样，至少要能够站在人前宣告道，“凭我们的劳力，产生了切实应用的东西，这里就是！”其时手里拿的是布匹米麦之类。即使他们中间有一个成为玄学家，也希望他同时铸成一些齿轮或螺丝钉。

代沟

梁实秋

代沟是翻译过来的一个比较新的名词，但这个东西是我们古已有之的。自从人有老少之分，老一代与少一代之间就有一道沟，可能是难以飞渡的深沟天堑，也可能是一步迈过的小渎阴沟，总之是其间有个界限。沟这边的人看沟那边的人不顺眼，沟那边的人看沟这边的人不像话，也许吹胡子瞪眼，也许拍桌子卷袖子，也许口出恶声，也许真个的闹出命案，看双方的气质和修养而定。

《尚书·无逸》：“相小人，厥父母勤劳稼穑，厥子乃不知稼穑之艰难，乃逸乃谚既诞。否则侮厥父母曰：‘昔之人无闻知’。”这几句话很生动，大概是我们最古的代沟之说的一个例证。大意是说：请看一般小民，作父母的辛苦耕稼，年轻一代不知生活艰难，只知享受放荡，再不就是张口顶撞父母说：

"你们这些落伍的人，根本不懂事！"活画出一条沟的两边的人对峙的心理。小孩子嘛，总是贪玩。好逸恶劳，人之天性。只有饱尝艰苦的人，才知道以无逸为戒。作父母的人当初也是少不更事的孩子，代代相仍，历史重演。一代留下一沟，像树身上的年轮一般。

虽说一代一沟，腌臜的情形难免，然大体上相安无事。这就是因为有所谓传统者，把人的某一些观念胶着在一套固定的范畴里。"不以规矩不能成方圆"，大家都守规律，尤其是年轻的一代。"鞋大鞋小，别走了样子！"小的一代自然不免要憋一肚皮委屈，但是，别忙，"多年的媳妇熬成婆，多年的道路走成河"，转眼间黄口小儿变成了鲐背耇老，又轮到自己唉声叹气，抱怨一肚皮不合时宜了。

我记得我小的时候，早起要跟着姊姊哥哥排队到上房给祖父母请安，像早朝一样的肃穆而紧张，在大柜前面两张二人凳上并排坐下，腿短不能触地，往往甩腿，这是犯大忌的，虽然我始终不知是犯了什么忌。祖父母的眼睛瞪得圆圆的，手指着我们的前后摆动的小腿说："怎么，一点样子都没有！"吓得我们的小腿立刻停摆，我的母亲觉得很没有面子，回到房里着实的数落了我们一番。祖孙之间隔着两条沟，心理上的隔阂如何得免？当时我们心里纳闷，我甩腿，干卿底事。我十岁的时候，进了陶氏学堂，领到一身体操时穿的白帆布制服，有亮晶的铜钮扣，裤边还镶贴两条红带，现在回想起来有点滑稽，好像是卖仁丹游街宣传的乐队，那时却扬扬自得，满心欢喜的回家，没想到赢得的是一头雾水，“好呀！我还没死，就先穿起孝衣来了！”我触了白色的禁忌。出殡的时候，灵前是有两排穿白衣的“孝男儿”，口里模仿嚎丧的哇哇叫。此后每逢体操课后回家，先在门洞脱衣，换上长褂，卷起裤筒。稍后，我进了清华，看见有人穿白帆布像皮底的网球鞋，心羡不已，于是也从天津邮购了一双，但是始终没敢穿了回家。只求平安少生事，莫在代沟之内起风波。

大家庭制度下，公婆儿媳之间的代沟是最鲜明也最凄惨的。儿子自外归来，不能一头扎进闺房，那样做不但公婆瞪眼，所有的人都要竖起眉毛。他一定要先到上房请安，说说笑笑好一大阵，然后公婆（多半是婆）开恩发话，“你回屋里歇歇去吧”，儿子奉旨回到阃闱。媳妇不能随后跟进，还要在公婆面前周旋一下，然后公婆再度开恩，“你也去吧”，媳妇才能走，慢慢的走。如果媳妇正在院里浣洗衣服，儿子过去帮一下忙，到后院井里用柳罐汲取一两桶水，送过去备用，结果也会召致一顿长辈的唾骂：“你走开，这不是你做的事。”我记得半个多世纪以前，有一对大家庭中的小夫妻，十分的恩爱，夫暴病死，妻觉得在那样家庭中了无生趣，竟服毒以殉。殡殓后，追悼之日政府颁赠匾额曰：“彤管扬芬”，女家致送的白布横披曰：“看我门楣！”我们可以听得见代沟的冤魂哭泣，虽然代沟另一边的人还在逞强。

以上说的是六七十年前的事。代沟中有小风波，但没有大泛滥。张公艺九代同居，靠了一百多个忍字。其实九代之间就有八条沟，沟下有沟，一代压一代，那一百多个忍字还不是一面倒，多半由下面一代承当？古有明训，能忍自安。

五四运动实乃一大变局。新一代的人要造反，不再忍了。有人要“整理国故”，管他什么三坟五典八索九丘，都要揪出来重新交付审判。礼教被控吃人，孔家店遭受捣毁的威胁，世世代代留下来的沟要彻底翻腾一下，这下子可把旧一代的人吓坏了。有人提倡读经，有人竭力卫道，但是不是远水不救近火，便是只手难挽狂澜。代沟总崩溃，新一代的人如脱缰之马，一直旁出斜逸奔放驰骤到如今。旧一代的人则按照自然法则一批一批的凋谢，填人时代的沟壑。

代沟虽然永久存在，不过其现象可能随时变化。人生的麻烦事，千端万绪，要言之，不外财色两项。关于钱财，年长的一辈多少有一点吝啬的倾向。吝啬并不一定全是缺点。“称财多寡而节用之，富五金藏，贫不假贷，谓之啬。积多不能分人，而厚自养，谓之吝。不能分人，又不能自养，谓之爱。”这是《晏子春秋》的说法。所谓爱，就是守财奴。是有人好像是把孔方兄一个个的穿挂在他的肋骨上，取下一个都是血丝糊拉的。英文俚语，勉强拿出一块钱，叫做“咳出一块钱”，大概也是表示钱是深藏于肺腑，需要用力咳才能跳出来。年轻一代看了这种情形，老大的不以为然，心里想：“这真是‘昔之人，无闻知'，有钱不用，害得大家受苦，忘记了'一个钱也带不了棺材里去'。"心里有这样的愤懑蕴积，有时候就要发泄。所以，曾经有一个儿子向父亲要五十元零用，其父靳而不予，由冷言恶语而拖拖拉拉，儿子比较身手矫健，一把揪住父亲的领带，（唉，领带真误事）领带越揪越紧，父亲一口气上不来，一翻白眼，死了。这件案子，按理应剐，基于"心神丧失"的理由，没有剐，在代沟的历史里留下一个悲惨的记录。

人到成年，嘤嘤求偶，这时节不但自己着急，家长更是担心，可是所谓代沟出现了，一方面说这是我的事，你少管，另一方面说传宗接代的大事如何能不过问。一个人究竟是姣好还是寝陋，是端庄还是阴骘，本来难有定评。"看那样子，长头发、牛仔裤、嬉游浪荡、好吃懒做，大概不是善类。""爬山、露营、打球、跳舞，都是青年的娱乐，难道要我们天天匀出功夫来晨昏定省，膝下承欢？"南辕北辙，越说越远。其实"养儿防老"、"我养你小，你养我老"的观念，现代的人大部分早已不再坚持。羽毛既丰，各奔前程，上下两代能保持朋友一般的关系，可疏可密，岁时存问，相待以礼，岂不甚妙？谁也无需剑拔弩张，放任自己，而诿过于代沟。沟是死的，人是活的！代沟需要沟通，不能像希腊神话的亚利山大的利剑砍难解之神结那样容易的一刀两断，因为人终归是人。

理想与现实

贺 麟

假如我们不愿意和现实妥协，为现实所束缚，又不愿意陷于幻想梦想，逃避现实，那么我们必须要应付现实、改造现实、征服现实。但是要达到这一个目的不能不有理想。第一，因为理想基于人类的本性。理想出于理性，人类是理性的动物，理想是构成人格的要素，人类所以异于禽兽，伟人所以异于常人，全看理想的有无和高下。人类能够凭借他的理智，构成一理想的世界，以提高其生活，改造现实，征服现实。在一个人用理想来指导他的行为的时候，也就是他发挥他最高的灵性以实现其自身的时候。第二，因为自由是人格的本质。要有自由的人，我们才承认他有人格。同时争取自由，争取政治、社会、宗教、经济上一切的自由，是西洋人近代的根本精神。然而理想是争取自由最不可缺少的条件。无理想就无自由的标准。行为合于理想，就是自由，不合于理想，就是不自由。一切外界的违反我们理想的事物，都是侵犯我们自由的事物，假如没有理想来作我们争取自由的标准，那我们就可以随遇而安，当然就无所谓自由。所以理想和自由是不可分的，和近代精神也是不可分的。第三，因为理想是认识现实的主观条件。没有理想，就无法认识现实。许多没有理想的人，在人世上厮混多年，奔走许多地方，但是并没有得着真正的知识，因此也不能认识现实。科学知识，就是对于现实的认识，然而没有科学上的假设——假设是假想的理想——就没有法子求得科学的事实。再如欲求得科学的事实，必须厘定其时间空间关系与因果关系，然而据康德所说，时空乃是获得经验的理想形式，因果乃是获得经验的理智范畴，足见没有主观的理想，客观的科学事实也就无法求得。第四，因为理想是征服现实的指南针。理想是陶铸现实的模型，是创造现实的图案，是建立现实的设计。现实是理想的材料，是理想实现其自己的工具。现实是被动的，受支配的，理想是主动的、支配的。由此足见离开理想，要想认识现实、应付现实，不仅事实上不可能，理论上也说不通。任何人类有价值有意义的政治社会的建树，文化的创造，都是理想与现实合一的产物。不过在理想与现实的合一体中，理想为主，现实为从，理想为体，现实为用，任何国与国之间的战争，人与人之间的冲突，不仅是现实的斗争，乃是理想与理想的斗争，现实与现实的斗争。就理想而论，要看谁的理想更合理：更高尚、更远大、更能支配现实。就现实而论，要看谁在实际方面、物质方面以及军事经济方面的设施，更有组织、更有力量、更遵循理想的指导。所以任何斗争，必然是精神力量与物质力量合一的斗争，也就是理想与现实合一的斗争，同时也可以说是两者配合与否的斗争。

理想与现实的合一，并不是垂手可得、不劳而获的。需要长时间的修养，精神上的努力，才可以达到这一种境界。要求理想与现实的合一，就智识方面而论，我们须要以理想去解释现实。对于现实的事物尽量加以最好的解释，对于他人行为的动机，表示最大的同情。浅近一点说，这种看法，是以“君子之心度小人之腹”，小人之腹所有的，也许是利害卑鄙诡诈的东西，君子好像不知道他的动机之坏，反而加以理想的善意的解释，始终以君子的态度对待他；久而久之，小人也许不知不觉地受君子的感化，这就是以理想转化现实、改造现实的一种收获。当然抱这种态度，有时难免不受小人的愚弄欺骗，君子不免略有损失，然而君子坚卓的人格，理想的事业，决不会根本动摇，而小人损人损已，也不会占多大的便宜。王船山有句话：“奚以知其为大智哉?为人所欺者是也。”这句话语病也许很重，但是却颇具深意。试看，孙中山先生，从前被政客军阀欺骗了多少次，然而适足以反证其为大智大仁。曾国藩说：“与其见得天下都是坏人，不如见得天下都是好人，存一番熏陶玉成之心。”对于自己的灾难祸殃、困苦颠连，都抱一种

"玉汝于成"的看法。普通所谓"多难兴邦"、"否极泰来"，实际上就是以理想解释现实，或者以理想感化现实的看法。多难否极当然是指现在的事实，兴邦泰来，当然是指将来的理想。孟子所谓"天将降大任于斯人也，必先苦其心志，劳其筋骨，饿其体肤，空乏其身，行拂乱其所为，所以动心忍性，增益其所不能"。将一切的艰苦困顿，认作上天给我们的锻炼，也可以说是一种以理想解释现实的看法。必定要采取这种看法，才能够忍受得住现实的艰苦的磨练，才能够把现实理想化。现实经过理想的熔铸改变，才算是理想与现实合而为一。在某种意义之下，要想把现实理想化，必须要有气魄、胆量、决心与毅力。缺乏这种条件的人，不能够采取这个观点。

就行为方面而论，要求理想与现实的合一，我们须要有反抗现实的力量。现实是盲目的，不合理的，我们应当要有力量来反抗它，反抗貌似消极，然而与逃避不同。反抗现实不外下列几种途径：第一、以历史的教训、将来的目标，来反抗目前现实的压迫。历史上圣贤所昭示我们的是理想的，而我们所企求的将来的目标，也是理想的，这就是以理想反抗现实。就时间上言，是以过去和将来，反抗现在。第二、以关于全体的理想，来反抗当前部分的压迫。引诱人的富贵、威迫人的武力，都是当前部分的事实，而社会的福利、人民的公益、世界的公理、理性的律令，乃是关于全体的理想。只有对于全体的理想，有了真切的认识，才能够收反抗部分的效果。第三、以人格的尊严、良心的命令，来反抗外界现实的压迫。凡是不合理想、违反良心、妨害人格的现实事物，都要拒绝承认和签字，这是以内反抗外，理想属内，现实属于外。必须先反抗不合理想的现实，不为它所束缚压制，以争取理想的抬头，进一步才可以积极地本理想以改造现实、征服现实，达到理想与现实的合一的境界，举凡百折不回，失败后不灰心，不丧气，仍然鼓起勇气，奋斗不懈的革命精神，都基于理想反抗现实。

我们这种看法，可以说是比较接近乐观的看法，因为乐观的态度，大都基于理想。